KB103536

무민의 겨울

무민 도서관

무민의 겨울

초판 1쇄 발행일_2018년 7월 26일 | 초판 3쇄 발행일_2022년 3월 31일
글 · 그림_토베 얀손 | 옮김 _따루 살미넨
펴낸이_박진숙 | 펴낸곳_작가정신 | 출판등록_1987년 11월 14일(제1-537호)
책임편집_윤소라 | 디자인_노민지
마케팅_김미숙 | 디지털 콘텐츠_김영란
주소 _(10881) 경기도 파주시 문발로 314 2층 | 전화_(031)955-6230
팩스_(031)944-2858 | 이메일_mint@jakka.co.kr | 홈페이지_www.jakka.co.kr

ISBN 979-11-6026-652-8 04890
ISBN 979-11-6026-656-6 (세트)

Trollvinter

* 책값은 뒤표지에 있습니다. * 잘못된 책은 바꾸어 드립니다.
* 이 책의 등장인물을 포함한 고유명사는 가독성을 위하여 국내에 널리 소개된 표기를 따랐습니다.

TROLLVINTER

무민의 겨울

토베 얀손 무민 연작소설

따루 살미넨 옮김

작가
정신

어머니께

외로운 산

동굴

MUMINDALEN
OM VINTERN

한겨울 무민 골짜기

NW   NO

W   Ö

SW   SO

차례

제1장

눈에 뒤덮인 거실

하늘은 거의 새까맸지만, 소복이 쌓인 눈은 달빛에 비쳐 파랗게 빛나고 있었다.

바다는 꽁꽁 얼어붙은 빙판 밑에서 잠들었고, 깊은 땅속 뿌리 틈새마다 발 달린 작은 생명들이 봄을 맞이하는 꿈을 꾸고 있었다. 하지만 이제 막 새해가 되어 겨울이 한창이었고, 봄이 오려면 아직 멀었다.

골짜기가 산을 향해 부드럽게 돌아 오르는 바로 그 자리에 집 한 채가 눈에 파묻혀 있었다. 종잡을 수 없는 바람이 집 주위에 눈 더미를 쌓아올린 듯했고 고독하기 그지없어 보였다. 집 바로 앞에는 얼어붙은 강기슭 사이로 새까만 강이 구불구불하게 나 있었고, 개울물은 겨우내 얼어붙지 않고 끊임없이 흘러갔다. 하지만 다리 위에는 건너간 발자국 하나 보이지 않았고, 바람에 쌓인 눈 더미도 집 주위에 그대로 있었다.

집 안은 따뜻했다. 산더미처럼 쌓인 토탄*이 지하실 보일러에서 천천히 타고 있었다. 달은 창문으로 집 안을 들여다보며 하얀 겨울용 덮개에 덮인 가구와 틸로 감싼 샹들리에를 비추었다. 무민 가족은 거실에 있는 가장 커다란 난로 주위에 자리를 잡고 기나긴 겨울잠에 빠져들어 있었다.

무민 가족은 해마다 11월부터 4월까지 겨울잠을 잤는데, 조상들부터 대대로 그렇게 해 왔고 무민들은 전통을 중요하게 생각하기 때문이었다. 조상들이 했던 대로 가족 모두 전나무 잎을 잔뜩 먹었고, 침대 옆에는 이른 봄에 필요할지도 모른다는 희망 섞인 마음으로 이것저것 모아 놓은 물건들이 놓여 있었다. 삽, 불을 붙일 돋보기와 필름, 풍속계 같은 물건이었다.

고요한 집 안 가득 평온한 기대감이 감돌고 있었다.

---

* **토탄**(土炭)_ 습한 땅에 식물이 쌓여 분해된 석탄의 한 종류.—옮긴이

누군가 한숨을 내쉬고 잠자리에 깊이 파고들며 몸을 웅크리곤 했다.

흔들의자를 넘어든 달빛이 거실 탁자 위를 헤매다 침대 머리맡에 달린 황동 꼭지까지 넘어서는 곧장 무민의 얼굴을 비추었다.

바로 그 순간, 무민들이 처음으로 겨울잠을 자기 시작했을 때부터 이제껏 단 한 번도 일어난 적 없는 일이 벌어지고 말았다. 무민이 겨울잠에서 깨 버렸고, 다시 잠들지 못했다.

무민은 달빛과 유리창에서 빛나는 얼음 결정을 보았다. 지하실에서 윙윙거리며 보일러 돌아가는 소리를 듣고는 화들짝 놀라 정신이 번쩍 들었다. 결국 무민은 자리에서 일어나 무민마마의 침대로 다가갔다.

무민이 조심스럽게 무민마마의 귀를 잡아당겼지만, 무민마마는 일어나지는 않은 채 시큰둥하게 몸을 공처럼 웅크리기만 했다.

'엄마가 일어나지 않으면 다른 가족들은 깨워 봐야 아무 소용없어.'

이렇게 생각한 무민은 낯설고 신비롭게 변한 집 안을 돌아보았다. 시계들은 멈춘 지 오래였고, 그 위로 고운 먼지가 소복이 쌓여 있었다. 거실 탁자 위에는 수프 그릇이 놓

여 있었고, 그 안에는 지난가을에 먹다 남은 전나무 잎이
담겨 있었다. 튈이 둘러진 크리스털 샹들리에는 혼자 가만
가만 딸랑거렸다.

덜컥 겁이 난 무민은 달빛이 닿지 않는 따뜻한 어둠 속
에서 걸음을 멈추었다. 끔찍하게도 혼자 내팽개쳐진 듯한
기분이 들었다.

무민이 무민마마의 이불을 당기며 소리쳤다.

"엄마! 일어나 보세요! 온 세상이 사라져 버렸어요!"

하지만 무민마마는 일어나지 않았다. 여름 꿈을 꾸던 무
민마마는 잠시 불안해졌고 걱정이 밀려왔지만, 일어날 수
가 없었다. 무민은 무민마마의 침대 옆에 깔린 카펫에 몸
을 웅크렸고, 기나긴 겨울밤은 계속되었다.

동이 틀 무렵, 지붕 위에 쌓여 있던 눈 더미가 움직이기
시작했다. 눈 더미는 조금씩 미끄러지더니 이윽고 굳게 마
음먹은 듯이 처마를 넘어 쿵하는 소리와 함께 부드럽게 땅
으로 떨어졌다.

이제 창문은 눈 더미에 파묻혀 버렸고, 집 안으로는 희
뿌연 잿빛만이 비쳐 들었다. 땅속 깊이 파묻힌 듯한 거실
은 그 어느 때보다도 낯설어 보였다.

무민은 한동안 귀를 쫑긋 세우고 무슨 소리가 들리지는

않는지 귀 기울이다가 침실 등을 켜고 스너프킨의 봄 편지를 읽으러 서랍장으로 살금살금 걸어갔다. 봄 편지는 늘 놓아두던 자리인 해포석으로 만든 전차 밑에 있었고, 스너프킨이 10월에 남쪽으로 떠날 때마다 남겼던 다른 봄 편지와 다름없어 보였다.

첫머리에는 스너프킨의 크고 둥근 글씨체로 '안녕.'이라고 적혀 있었다. 편지는 짧았다.

안녕.
겨울잠 잘 자고 슬퍼하지 마. 따뜻한 봄이 오는 첫날, 내가 다시 와 있을 테니까.
댐은 만들지 말고 내가 올 때까지 기다려 줘.

스너프킨이

편지를 몇 번이나 다시 읽은 무민은 갑자기 배가 고파졌다.

무민은 부엌으로 갔다. 부엌도 수십 킬로미터 땅속에 있는 듯했고 으스스하게 깔끔하고 텅 비어 있었다. 식품 저장실도 똑같이 횅했다. 식품 저장실에서는 발효된 크랜베리 주스 반 병과 먼지 쌓인 말린 빵 반 봉지밖에 찾을 수가 없었다.

무민은 식탁 밑에 웅크리고 앉아 스너프킨의 편지를 한 번 더 읽으면서 빵을 먹었다.

그런 다음, 그 자리에 누워 식탁 안쪽에 드러난 사각형 나무토막을 올려다보았다. 너무 조용했다.

무민이 속삭였다.

"안녕."

무민이 조금 더 크게 말했다.

"잘 자고 슬퍼하지 마. 따뜻한 봄이 오는 첫날."

그러더니 목청껏 노래 부르기 시작했다.

"내가 다시 여기 와 있을 테니까! 나는 다시 여기 와 있고 봄이 오고 따뜻하고 나는 여기 있고 여기 내가 있을 테고 그때 우리는 여기저기 돌아다니면서……."

무민은 싱크대 밑에서 자신을 바라보는 작은 눈 한 쌍을 발견하고는 얼른 입을 다물었다.

작은 눈이 이쪽을 바라보고 있었고, 여전히 조용하기만 했다. 그때 갑자기 눈이 사라져 버렸다.

무민이 당황해서 소리쳤다.

"잠깐만."

무민은 싱크대로 살금살금 기어가서 나지막이 불렀다.

"이리 와, 이리 와! 무서워하지 마. 해치지 않아. 나와 봐……."

하지만 싱크대 밑에 어떤 녀석이 사는지는 몰라도 코빼기도 내밀지 않았다. 무민은 말린 빵 한 조각을 바닥에 내려놓고 크랜베리 주스를 조금 덜어 그 옆에 나란히 두었다.

무민이 거실로 돌아오자, 천장에 걸려 있는 샹들리에의 크리스털이 음울하게 딸랑거렸다.

무민은 샹들리에에 대고 단호하게 말했다.

"이제 나가야겠어. 너희 때문에 넌더리가 나서 못 참겠으니까 남쪽으로 스너프킨을 마중 갈래."

무민이 현관문을 열어 보려고 했지만 얼어붙어 꿈쩍도 하지 않았다.

무민은 이 창문 저 창문 뛰어다니며 낑낑댔지만 모조리 얼어붙어 열 수가 없었다. 그러자 더욱 서글퍼진 무민은 다락방으로 달려가 출입구를 열어젖히고 지붕 위로 올라갔다.

차디찬 공기가 무민을 맞아 주었다.

무민은 숨을 헐떡이다 미끄러지는 바람에 처마에서 굴러떨어져 버렸다. 그렇게 무민은 꼼짝없이 새롭고 위험한 세상과 맞닥뜨렸고, 난생처음 눈 더미에 푹 빠졌다. 무민의 살결은 벨벳처럼 부드러워서 오히려 눈이 깔끄럽고 불편했지만, 동시에 낯선 냄새를 맡았다. 이제까지 맡아 보았던 어떤 냄새보다도 심상치 않았고, 그래서 조금 무서워지기까지 했다. 하지만 무민은 정신이 번쩍 들었고, 호기심이 났다.

잿빛 어둠이 온 골짜기를 뒤덮고 있었다. 하지만 골짜기는 이제 더는 초록빛이 아니었고, 새하얬다. 무엇 하나 움직이지도 않았다. 생동감 있는 소리는 모두 사라지고 없었다. 모났던 것은 모두 동글동글해졌다.

무민이 속삭였다.

"눈이야. 엄마한테 들었는데, 이걸 눈이라고 해."

벨벳 같은 무민의 살결은 무민도 모르는 사이에 자라나기로 마음먹었다.

그래서 살결은 서서히 겨울에 필요한 털로 변해 갔다. 오래 걸리기는 하겠지만 이미 결정은 났다. 물론 이런 변화는 늘 좋은 방향이었다.

그시이 무민은 눈을 헤치며 힘겹게 강으로 갔다. 여름에 무민 가족의 집 정원을 상쾌하게 가로지르던 바로 그 맑은 강이었다. 하지만 이제는 달라 보였다. 상쾌함이라고는 찾아볼 수 없이 까맸고, 무민에게는 아직 익숙하지 않은 새로운 세상의 차지가 되어 버렸다.

무민은 혹시나 하는 마음으로 다리를 돌아보았다. 우편함에도 가 보았다. 그대로였다. 무민은 우편함을 살짝 열어 보았지만, 아무 말도 적혀 있지 않은 시든 나뭇잎 말고 다른 편지는 없었다.

이제 겨울 냄새에 익숙해진 무민은 호기심도 사그라져 버렸다.

무민은 앙상한 가지가 잔뜩 뒤엉킨 재스민 덤불을 보고 두려움에 휩싸여 생각했다.

'죽어 버렸어. 내가 잠든 동안 온 세상이 죽어 버렸어. 이 세상은 내가 모르는 누군가를 위한 곳이야. 그로크 같은 녀석을 위한 곳이겠지. 여기는 이제 무민들이 살 만한 곳이 못 돼.'

무민은 잠시 망설였다. 하지만 모두 잠들었는데 혼자 깨어 있으면 더 좋을 일이 없겠다고 생각했다.

그래서 무민은 다리를 건너 산비탈을 올라가며 첫 발자국을 남겼다. 조그맣지만 결단력 있는 발자국이었고, 나무를 지나쳐 곧장 남쪽으로 향했다.

제2장

마법에 걸린 탈의실

서쪽으로 좀 더 멀리 가다 보면 나오는 바다 근처에서는 작은 다람쥐가 눈밭을 이리저리 뛰어다니고 있었다. 아주 바보 같고 조그마한 다람쥐였는데, 자신을 '꼬리가 예쁜 다람쥐'라고 생각했다.

다람쥐는 자주 생각하지도, 오래 생각하지도 않았다. 그보다는 감으로 알거나 느꼈다. 방금 다람쥐는 담요가 딱딱해진 느낌이 들어 새 담요를 찾아 나섰다.

다람쥐는 무엇을 찾고 있는지 잊지 않으려고 가끔 "새 담요……."라고 중얼거리며 되뇌었다. 다람쥐는 뭐든 너무 쉽게 잊어버리곤 했기 때문이었다.

다람쥐는 나무 사이로, 얼음 위로 이리저리 뛰어다녔고, 주둥이를 눈에 박아 넣고 생각에 잠겼다가 하늘을 올려다보고 고개를 내젓고 다시 앞으로 뛰어가곤 했다.

마침내 동굴까지 간 다람쥐는 안으로 들어가 보았다. 하지만 너무 멀리까지 가는 바람에 집중력을 잃었고, 담요를 까맣게 잊어버리고 말았다. 그 대신 꼬리를 깔고 앉아 자신을 '콧수염이 예쁜 다람쥐'라고 불러도 되겠다는 생각을 하기 시작했다.

눈 더미에 가로막힌 동굴 입구 안쪽 바닥에는 짚이 깔려 있었다. 짚 위에는 판지로 만든 커다란 상자가 놓여 있었고, 뚜껑에는 바람구멍이 나 있었다.

다람쥐가 깜짝 놀라 말했다.

"이상하네. 전에 왔을 때 저런 상자는 없었는데. 틀림없이 뭔가 잘못됐나 봐. 아니면 내가 다른 동굴이랑 착각했거나. 내가 다른 다람쥐일 수도 있겠지만, 그렇지는 않을 것 같은데."

뚜껑 한 귀퉁이를 조금 연 다람쥐는 머리를 안으로 들이밀었다.

상자 안은 따뜻했고 부드럽고 편안해 보이는 무언가가 들어 있었는데, 갑자기 다람쥐는 담요가 떠올랐다. 다람쥐는 작고 날카로운 이빨로 상자에 구멍을 낸 다음, 안에서 부드러운 양털을 한 뭉치 꺼냈다.

다람쥐는 한 번, 또 한 번 양털 뭉치를 꺼냈고, 양팔이 양털로 가득 차게 꺼낸 다음에도 쉴 새 없이 팔다리를 휘두르며 정신없이 파냈다. 다람쥐는 아주 만족스러웠고 기뻤다.

그때 갑자기 누가 다람쥐의 팔을 물려고 했다. 다람쥐는 멀리 도망칠까 잠시 망설였지만 겁먹기보다는 호기심을 갖기로 했다.

마침내 구멍에서 머리카락이 잔뜩 헝클어진 화난 머리가 하나 튀어나왔다.

미이가 말했다.

"너 제정신이야!?!"

다람쥐가 대답했다.

"아니, 그런 것 같진 않아."

미이가 험악하게 말했다.

"너 때문에 잠에서 깼잖아. 내 침낭을 먹어치우기까지 하고. 도대체 뭐 때문에 그래?"

하지만 다람쥐는 너무 놀란 나머지 담요를 또 잊어버리고 말았다.

미이는 콧방귀를 뀌며 상자 밖으로 나왔다. 미이는 언니를 생각해서 뚜껑을 덮고 돌아서서 눈을 만져 보았다.

미이가 말했다.

"그래, 이렇게 생겼군. 별 희한한 게 다 있네."

미이는 곧장 눈을 뭉쳐서는 정확히 다람쥐를 겨냥해 던졌다. 그리고 겨울을 살펴보러 동굴을 나섰다.

가장 먼저 미이는 얼음으로 뒤덮인 산비탈에서 미끄러지는 바람에 쿵하고 세게 엉덩방아부터 찧었다.

미이가 험악하게 말했다.

"그래, 이렇게 나온다 이거지!"

그러더니 두 발을 허공으로 쭉 내뻗으면 어떨지 떠올려 보고는 한동안 웃음을 멈추지 못했다.

미이는 산비탈을 바라보며 생각에 잠겼다. 이윽고 "아

하!" 하더니 엉덩이로 미끄럼을 타고 산비탈을 쭉 내려갔
는데, 울퉁불퉁한 곳에서는 풀쩍 뛰어오르기도 하면서 저
아래 빛나는 얼음판까지 갔다.

여섯 번이나 오르내리고 나자 미이는 엉덩이가 얼얼해
졌다.

미이는 동굴로 돌아가서 판지로 만든 상자를 뒤집어 잠
든 언니를 꺼냈다. 미이는 썰매를 한 번도 본 적이 없었지
만, 틀림없이 상자를 요긴하게 쓸 수 있겠다고 생각했다.

그때 다람쥐는 조금 멀리 떨어진 숲 속에 앉아 멍하니
이 나무 저 나무를 번갈아 바라보고 있었다.

다람쥐는 자기가 살던 나무가 어디 있는지, 무엇을 찾으
러 밖으로 나왔는지 아무것도 떠오르지 않았다.

무민이 남쪽으로 그리 멀리 가지도 못했을 때 이미 나무 밑으로 어둠이 짙어지기 시작했다.

한 발 한 발 내디딜 때마다 발이 눈 속 깊이 빠졌고, 눈은 처음 봤을 때처럼 흥미롭지도 않았다.

숲은 아주 고요했고 무엇 하나 움직이지도 않았다. 이따금 나뭇가지에서 커다란 눈 더미가 땅으로 툭하고 떨어지곤 했다. 그러고 나면 가지만 잠깐 흔들릴 뿐, 온 세상이 금세 다시 생기를 잃었다.

무민은 생각했다.

'온 세상이 겨울잠을 자고 있어. 나만 혼자 잠들지 못하고 이렇게 깨어 있고. 며칠이고 몇 주고 나 혼자 이렇게 걷고 또 걸으며 떠돌아다니다 아무도 모르는 사이에 눈덩이가 되어 버리고 말겠지.'

그때 숲이 끝나고 무민의 발아래로 새로운 골짜기가 펼쳐졌다. 맞은편으로 외로운 산이 보였다. 남쪽으로 파도처럼 이어지고 있는 산줄기가 이제껏 그렇게 외로워 보인 적이 없었다.

그제야 무민은 추워서 몸을 부들부들 떨기 시작했다. 낭떠러지 아래에서 기어 나온 저녁 어둠이 얼어붙은 산등성이를 타고 슬금슬금 올라오고 있었다. 새까만 바위 산등성이 위로 날카롭고 새하얀 이빨처럼 눈이 덮여 있었는데,

눈길이 닿는 저 멀리까지 온통 희거나 검기만 했고, 황량하기 그지없었다.

무민이 혼잣말했다.

"저기 저 너머에 스너프킨이 있어. 어딘가에 앉아 오렌지를 먹고 있겠지. 스너프킨이 내가 저 산을 모조리 넘어서 자기를 만나러 가려는 줄 알고 있다면 어떻게든 해 낼 텐데. 하지만 이렇게 아무도 알아주지 않는 상황에서 혼자서는 못 하겠어."

돌아선 무민은 오면서 남겼던 발자국을 따라 천천히 되돌아가기 시작했다.

무민은 생각했다.

'자명종을 모조리 맞춰 놓아야지. 그러면 봄이 더 빨리 올지도 몰라. 뭔가 커다란 걸 때려 부수면 무슨 일인가 싶어서 누구 하나 일어나 보지 않으려나.'

하지만 무민은 아무도 일어나지 않을 줄 알고 있었다.

그때 갑자기 새로운 일이 일어났다. 무민의 발자국을 가로지르며 작은 발자국이 새로 나 있었다. 무민은 우뚝 서서 한동안 그 발자국을 내려다보았다. 고작 30분쯤 전에 살아 있는 누군가가 이 숲을 지나갔다. 멀리 가지는 못했을 터였다. 누구인지는 몰라도 골짜기 쪽으로 갔고, 무민보다 몸집이 작아 보였다. 발자국이 눈 속에 거의 빠지지 않았기 때문이었다.

무민은 꼬리털부터 귀 끝까지 온몸이 후끈해졌다.

"기다려! 떠나 버리지 마!"

이렇게 소리치며 눈 위를 비틀비틀 걸어가던 무민은 갑자기 어둠과 외로움이 참을 수 없을 만큼 두려워졌다.

이 두려움은 잠든 집에서 깨어났을 때부터 내내 무민의 마음속 어딘가에 숨어 있었겠지만, 이제껏 맞닥뜨릴 용기를 내지 못하고 있었다.

무민은 이제 더는 소리치지 않았는데, 아무 대답도 듣지 못할까 봐 겁이 났기 때문이었다. 무민은 어두워서 거의 보이지도 않는 발자국에서 눈을 뗄 엄두도 내지 못했다. 비슬비슬 걷고 또 걸으며 꾸역꾸역 앞으로 나아가기만 했다.

그때 갑자기 밝은 불빛이 보였다.

그저 작은 불빛일 뿐이었지만, 붉은빛이 온 숲을 따스하게 채워 주고 있었다.

그제야 무민은 마음이 놓였다. 발자국은 머릿속에서 지워 버리고 계속 천천히 걸어갔다. 불빛 가까이에 도착해 보니 흔하디흔한 양초가 눈에 꽂혀 있었다. 양초는 동글동글한 눈 뭉치를 쌓아 만든 작고 멋진 집 안에 있었다. 투명하고 조금 불그스름해 보이는 눈 뭉치들이 꼭 집에 있는 침실 등의 전등갓 같았다.

불빛 맞은편 쪽에는 누가 눈 더미에 구덩이를 파고 안에 누워 장난기 없는 겨울 하늘을 올려다보며 끊어질 듯 말 듯 아주 느릿느릿 휘파람을 불고 있었다.

무민이 물었다.

"무슨 노래야?"

구덩이에서 소리가 들렸다.

"내 노래야. 눈 뭉치로 등을 만든 투티키 노래. 하지만 후렴구는 전혀 다른 내용이지."

"무슨 말인지 알겠어."

무민이 이렇게 말하고 눈 위에 앉았다.

"아닐걸."

친근하게 대답한 투티키는 빨갛고 하얀 줄무늬가 들어간 스웨터가 보일 만큼 몸을 일으켰다.

"후렴구는 이해할 수 없는 내용이거든. 지금 막 오로라를 생각하고 있었어. 오로라가 진짜 존재하는지 보이기만 하는지 몰라. 뚜렷이 알 수가 없으니까 차라리 그냥 마음이 편해져."

투티키는 다시 구덩이에 드러누워 이제는 어둠에 잠겨버린 하늘을 다시 올려다보았다.

무민은 고개를 들어 이제껏 어떤 무민도 본 적이 없는 오로라를 눈에 담았다. 희고 푸르면서도 초록빛이 조금 감도는 오로라는 기다란 커튼을 펄럭이며 하늘을 뒤덮고 있었다.

무민이 말했다.

"진짜 있는 게 맞아."

투티키는 아무 대답도 하지 않았다. 눈 뭉치 등으로 기어가더니 양초를 집어 들었다.

투티키가 말했다.

"이건 집에 다시 가져가야 해. 그로크가 와서 깔고 앉기 전에."

무민이 진지하게 고개를 끄덕였다. 무민은 그로크를 딱한 번 본 적이 있었다. 오래전 8월 어느 밤이었다. 그때 그로크는 얼음처럼 차디찬 잿빛 몸을 이끌고 와서 라일락 덤불 그늘에 쪼그리고 앉아 무민 가족을 가만히 바라보았다. 어떻게 그런 눈길로 바라볼 수가 있을까. 게다가 그로크가 슬그머니 떠나고 난 자리는 하얗게 얼어붙어 있었다.

무민은 잠시 고민했다.

'겨울은 그로크가 헤아릴 수 없이 많이 몰려와서 땅에 앉으면 오는 걸까.'

하지만 이 이야기는 투티키를 조금 더 알게 된 다음에 하기로 마음먹었다.

무민과 투티키가 산비탈 쪽으로 가고 있을 때, 무민은 달이 떠오르는 모습을 보았고 달빛을 받은 골짜기는 환해졌다.

무민 가족의 집은 다리 너머에 잠들어 있었다. 하지만 투티키는 서쪽으로 방향을 바꾸더니 벌거벗은 과수원을 가로지르는 지름길로 접어들었다.

무민이 쾌활하게 이야기했다.

"여기에서 사과나무가 자라."

투티키는 걸음을 멈추지도 않고 무심하게 말했다.

"하지만 지금은 눈이 자라고 있지."

무민과 투티키는 거대한 어둠이 집어삼켜 버린 바닷가에 도착했고, 좁다란 부잔교를 따라 탈의실로 조심조심 걸어갔다.

무민이 빙판 위로 삐죽 튀어나와 있는 줄기 꺾인 노란 갈대를 보며 아주 낮게 속삭였다.

"나는 잠수할 때마다 이 자리에서 뛰어들어. 물속은 아주 따뜻하고 팔을 아홉 번쯤 저으면 더 깊이 들어갈 수 있지."

투티키가 탈의실 문을 열었다. 안으로 들어간 투티키는 무민파파가 오래전에 바다에서 건져 올린 둥근 탁자 위에 양초를 올려놓았다.

무민 가족의 팔각형 탈의실은 예전과 똑같은 모습이었다. 누렇게 변한 판자벽에 나 있는 옹이구멍, 붉고 푸른 유리창이 달린 창문, 좁고 긴 의자와 수영 가운이 들어 있는 옷장, 제대로 공기를 채워 본 적이 없는 헤뮬렌 모양 튜브까지.

모두 지난여름과 똑같았다. 하지만 어딘가 신비롭게 변

해 있었다.

투티키가 모자를 벗어 내려놓자마자 모자가 저절로 벽을 타고 올라가더니 못에 걸렸다.

무민이 말했다.

"나도 그런 모자가 있으면 좋겠어."

투티키가 말했다.

"너는 모자가 필요 없잖아. 귀를 흔들면 온기가 유지되니까. 하지만 발은 시리겠네."

투티키가 말을 마치기 무섭게 털양말 두 개가 방을 가로지르며 걸어와서는 무민 앞에 멈추었다.

바로 그때, 저만치에 놓여 있던 다리 셋 달린 화로에 불이 붙었고 누군가 탁자 밑에서 가만가만 플루트를 연주하기 시작했다.

투티키가 설명했다.

"쟤는 부끄럼쟁이야. 그래서 탁자 밑에 들어가서 연주하지."

무민이 물었다.

"그런데 왜 보이지도 않아?"

투티키가 말했다.

"다들 수줍음을 너무 많이 타서 보이지 않게 변했어. 아주 작은 뾰족뒤쥐 여덟 마리인데, 나랑 이 집에서 같이 지내고 있지."

무민이 말했다.

"여기는 우리 아빠 탈의실이야."

투티키가 진지한 눈길로 무민을 바라보았다.

그러고는 입을 열었다.

"네 말은 맞기도 하고 틀리기도 해. 여름에는 어느 아빠가 쓸지 몰라도 겨울에는 투티키가 쓰는 곳이지."

화로 위에 있던 냄비가 부글부글 끓기 시작했다. 그러자 뚜껑이 저절로 들리고 숟가락이 알아서 수프를 저었다. 다른 숟가락은 소금을 조금 넣은 다음, 창턱으로 얌전히 돌아갔다.

밤이 깊어질수록 추위가 심해졌고 달빛은 붉고 푸른 유리창에서 빛났다.

무민이 아빠의 빛바랜 정원 의자에 앉으며 말했다.

"눈 이야기를 들려줘. 눈은 이해가 잘 안 돼."

투티키가 말했다.

"나도 잘은 몰라. 눈은 차디찬데, 눈으로 만든 집 안은 따뜻하지. 하얗지만 불그스름하게 보일 때도 있고, 파랗게 보일 때도 있어. 세상 무엇보다 부드러울 수도 있고, 돌보다 단단할 수도 있어. 뭐라 딱 잘라 설명할 수가 없어."

허공에 둥둥 뜬 생선 수프 한 그릇이 소리 없이 조심스
럽게 무민 앞의 탁자에 놓였다.

무민이 물었다.

"너랑 같이 사는 뾰족뒤쥐들은 나는 법을 어디에서 배
웠을까?"

투티키가 말했다.

"글쎄. 모든 걸 꼬치꼬치 캐묻지 마. 비밀을 조용히 간
직하고 싶어 할지도 모르니까. 쟤들이든 눈이든 신경 쓸
필요 없어."

무민은 묵묵히 수프를 떠먹었다.

구석에 있는 벽장을 본 무민이 생각했다.

'저 안에 내 오래된 목욕 가운이 걸려 있다는 사실을 알고 있어서 얼마나 다행인지 모르겠어.'

주위가 온통 낯설기만 해서 불안했는데 그래도 확실히 아는 무언가가 남아 있다고 생각하니 마음이 놓였다. 무민은 그 목욕 가운이 파란색이고, 옷을 거는 고리가 달려 있지 않고, 한쪽 주머니에 선글라스가 들어 있을지도 모른다는 사실을 알고 있었다.

끝내 무민이 입을 열었다.

"우리는 저기에 목욕 가운을 보관해. 엄마의 목욕 가운이 맨 안쪽에 걸려 있지."

투티키는 팔을 뻗어 잽싸게 샌드위치를 받았다.

"고마워."

투티키가 무민에게 말했다.

"저 벽장은 절대로 열면 안 돼. 벽장문을 열지 않겠다고 나랑 약속해."

기분이 상한 무민이 접시를 내려다보며 부루퉁하게 말했다.

"나는 그런 약속은 안 해."

갑자기 무민은 저 문을 열고 벽장 안에 목욕 가운이 있는지 확인하는 일이 세상에서 가장 중요하게 느껴졌다. 이제 불은 활활 타오르고 있었고 화로의 연통은 쉬익 소리를 냈다. 탈의실은 무척 따뜻했고 탁자 밑에서는 쓸쓸한 플루트 선율이 계속 흘러나왔다.

보이지 않는 발들이 그릇을 치웠다. 양초가 다 타 버려서 호수를 이룬 촛농 한가운데에는 심지만 덩그러니 남았고, 이제는 화로의 붉은 눈빛과 유리창이 달빛을 받아 바닥에 수놓은 붉고 푸른빛만 점점이 빛났다.

무민이 결심한 듯 말했다.

"잠은 집에 가서 잘래."

투티키가 말했다.

"좋을 대로 해. 달이 아직 지지 않았으니까 길은 찾을 수 있겠지."

문이 저절로 미끄러지듯 열렸고 무민은 눈 속으로 발을 내디뎠다.

무민이 말했다.

"어쨌든. 어쨌든 내 파란 가운은 벽장에 걸려 있어. 수프 잘 먹었어."

문은 다시 미끄러지듯 닫혔고, 적막한 달빛이 무민을 감싸 안았다.

무민이 빙판 위를 슬쩍 둘러보았는데, 커다랗고 둔한 그로크가 수평선을 어슬렁거리고 있는 모습이 어렴풋이 보인 듯도 했다.

무민은 바닷가 바위 뒤에 숨어 기다리는 그로크를 보았다. 숲을 가로질러 걸어갈 때는 나무 뒤에 숨은 그로크의 그림자가 슬금슬금 끈질기게 쫓아왔다. 어떤 불이든 깔고 앉아 꺼 버리고 모든 빛이 제 빛을 잃게 만들어 버리는 바로 그 그로크였다.

마침내 무민은 잠든 집에 도착했다. 무민은 북쪽에 쌓인 높다란 눈 더미 위로 천천히 기어 올라가서 여전히 조금 열려 있는 지붕 출입구로 들어갔다.

집 안은 따뜻했고 무민 냄새가 풍겼으며 무민이 지나가자 크리스털 샹들리에가 알아보고 딸랑거렸다. 무민은 담요를 꺼내 무민마마의 침대 옆에 깔았다. 무민마마는 잠결에 가만히 한숨을 한 번 내쉰 다음, 알아듣지 못할 말을 무어라고 중얼거렸다. 그러더니 씩 웃고는 벽 쪽으로 돌아누웠다.

무민은 생각했다.

'여기는 이제 나한테 어울리는 자리가 아니야. 저기도 마찬가지고. 이게 꿈인지 생시인지 도무지 모르겠어.'

그러더니 무민은 곧장 잠들었고, 꿈속에서는 한여름 라일락이 무민에게 다정한 초록빛 그늘을 드리웠다.

미이는 누더기가 된 침낭에 누워 짜증을 내고 있었다. 저녁이 깊어지자 바람이 불기 시작했고, 찬바람은 동굴 속으로 곧장 불어들었다. 판지는 젖은 데다 세 군데나 터졌고 침낭 속을 채웠던 털은 동굴 구석구석을 이리저리 헤매며 날아다니기까지 했다.

미이가 밈블의 등을 세게 때리며 소리쳤다.

"저기, 언니!"

하지만 잠든 밈블은 꼼짝도 하지 않았다.

미이가 말했다.

"슬슬 화나는데. 처음으로 언니 좀 써먹어 볼까 했는데 말이지."

미이는 침낭을 걷어차 버렸다. 그런 다음, 동굴 입구로 기어가서 춥고 어두운 바깥을 내다보자 기분이 조금 풀렸다.

"이제 다들 잘 봐 두라고."

미이가 단호하게 중얼거린 다음, 비탈을 쭉 미끄러져 내려가기 시작했다.

누가 그렇게 멀리 가 본 적이나 있는지 모르겠지만, 바깥은 세상의 끝보다도 황량했다. 눈이 조용히 속삭이며 빙판 위에서 잿빛 부채를 펄럭이는 듯했다. 달마저 저문 바닷가는 어둠 속으로 사라져 버렸다.

미이는 고약한 북풍을 향해 치마를 펼치며 말했다.

"자, 이제 간다."

미이는 쌓인 눈을 요리조리 피하며 질주하기 시작했고, 미이들이 으레 하듯 다리에 단단히 힘을 주고 균형을 잡았다.

미이가 탈의실을 지나쳤을 때는 이미 불이 사그라진 지 오래였다. 미이는 밤하늘을 배경으로 높이 솟은 원뿔 모양 지붕만 보았다. 하지만 미이는 '우리 낡은 탈의실이 저기 있어.'라고 생각하지는 않았다. 톡 쏘는 듯이 위험한 겨울 냄새를 킁킁거리며 맡아 보고, 물가에 멈추어 서서 귀를 기울이기만 했다. 저 멀리 외로운 산에서 늑대들이 울고 있었다.

어둠 속에서 미이가 씩 웃으며 혼잣말로 중얼거렸다.

"이제 시작이로군."

미이의 코가 무민 가족의 집으로 가는 길이 이쪽 어딘가에 있다고, 그 집에는 따뜻한 담요도 있다고, 어쩌면 새 침낭까지 있을지 모른다고 말하고 있었다. 미이는 바닷가를 가로질러 곧장 숲 속으로 달려갔다.

미이는 너무 작아서 눈밭에 발자국조차 남기지 않았다.

제3장

얼음 여왕

이제 시계들이 모두 다시 움직였다. 무민은 외로움을 덜어
보려고 집에 있는 시계란 시계는 모조리 태엽을 감았다.
어차피 시간 감각은 뒤죽박죽이 되었기 때문에 시계는 모
두 제각각 다른 시간을 가리키게 맞춰 두었는데, 하나쯤
은 맞을지도 몰랐다.

　시계들이 똑딱거리는 소리나 가끔 울리는 자명종 소리
가 무민을 위로해 주었다. 아무리 그래도 무민은 태양이
떠오르지 않는 끔찍한 광경을 머릿속에서 떨쳐 버릴 수가
없었다. 진짜 일어난 일이었다. 날마다 아침은 잿빛 같은

어슴푸레한 빛으로 희미하게 밝아 왔다가 다시 기나긴 겨울밤으로 조금씩 저물어 갔지만 태양은 코빼기도 보이지 않았다. 태양이 길을 잃어 우주로 돌아가 버렸을지도 모를 일이었다. 처음에 무민은 그 사실을 도저히 믿을 수가 없었다. 그저 하염없이 기다렸다.

날마다 무민은 바닷가로 가서 자리를 잡고 앉아 동쪽을 바라보며 기다렸다. 하지만 아무 일도 일어나지 않았다. 그러면 무민은 터덜터덜 집으로 돌아와 지붕 출입구를 닫아걸고 벽난로 옆에 촛불을 한 줄로 길게 세우고 불을 켰다. 싱크대 밑에 사는 녀석은 먹을 것에는 손도 대지 않고 숨어 있었지만, 제 딴에는 틀림없이 비밀스럽고 의미 있게 살고 있을 터였다.

그로크는 누구 하나 결코 알 수 없을 혼자만의 생각에 빠져 눈밭을 돌아다녔고, 탈의실 벽장에 걸린 목욕 가운 뒤에는 위험천만한 누군가가 도사리고 있었다. 이들을 어쩌면 좋을까?

이들은 왜 존재하는지는 모르지만 존재하고, 어쩔 도리 없이 거리를 둘 수밖에 없었다.

무민은 다락에서 커다란 스티커 상자를 찾아냈고, 그 안에 담긴 아름다운 여름날의 모습을 넋 놓고 바라보며 그리움에 젖었다. 스티커에는 꽃과 해돋이와 알록달록한 바퀴

가 달린 작은 수레 같은 그림이 그려져 있었는데, 반짝반짝 빛나고 평화롭기 그지없는 그림들은 무민이 잃어버린 세상을 떠올리게 했다.

무민은 우선 스티커를 거실 바닥에 펼쳐 놓았다. 그러고는 벽에 하나씩 붙이기로 했다. 무민이 일부러 천천히 공들여 붙이느라 작업은 꽤 오래 걸렸고, 가장 아름다운 그림은 무민마마의 머리맡에 붙였다.

스티커를 거울에 붙이던 무민은 커다란 은쟁반이 없어졌다는 사실을 알아차렸다. 은쟁반은 원래 거울 오른쪽이 제자리였고 빨간 자수로 장식한 띠에 매달려 있어야 했는데, 지금 그 자리에는 띠와 동그랗고 어두운 흔적만 남은 벽지밖에 보이지 않았다.

은쟁반은 무민마마에게 아주 소중한 물건이라 무민은 화들짝 놀랄 수밖에 없었다. 한 번도 사용한 적 없는 가보였고, 하짓날 대청소 때 닦는 유일한 물건이었다.

걱정스러워진 무민은 쟁반을 찾아 집 안을 여기저기 돌아보았다. 하지만 은쟁반은 어디에도 보이지 않았다. 그 대신 베개와 이불, 밀가루와 설탕과 냄비 같은 다른 물건도 많이 없어졌다는 사실만 알게 되었다. 심지어 장미가 수놓아진 커피 주전자 덮개까지 사라지고 없었다.

무민은 집 안 물건이 사라진 책임이 자신에게 있는 것

만 같아 잠든 가족들에게 무척 미안했다. 가장 먼저 무민은 싱크대 밑에 사는 녀석을 의심했다. 그로크와 탈의실 벽장 속에 사는 정체 모를 누군가도 의심스러웠다. 사실 누구 하나 의심하지 않을 수가 없었는데, 눈에 잘 띄지 않고 종잡을 수 없는 이상한 생명이 곳곳에 넘쳐나는 겨울이었기 때문이었다.

무민이 생각했다.

'투티키한테 물어보러 가야겠어. 태양이 돌아오기 전까지 밖으로 한 발짝도 나가지 않으면 태양도 약이 오를 줄 알고 마음 굳게 먹고 있었는데. 하지만 이 일이 더 중요하니까.'

무민이 잿빛으로 어슴푸레하게 밝은 바깥으로 나가자, 전에 한 번도 본 적 없는 흰 말이 베란다 앞에 서서 반짝이는 눈으로 무민을 바라보고 있었다. 무민은 조심스럽게 인사를 건넸지만, 말은 꿈쩍도 하지 않았다.

그제야 무민은 흰 말이 눈으로 만들어졌다는 사실을 알아차렸다. 꼬리는 장작 창고에서 꺼내 온 빗자루였고 두 눈은 작은 거울이었다. 말의 눈에 비친 자기 모습을 본 무민은 화들짝 놀라 겁을 집어먹었다. 그래서 벌거벗은 재스민 덤불 쪽으로 슬금슬금 돌아갔다.

무민이 생각했다.

'여기에 내가 알고 지내던 누군가가 한 명이라도 있었더라면 좋았을 텐데. 비밀스럽지 않고 아주 평범한 누군가 말이야. 그럼 이렇게 말해 줄 텐데. "안녕! 너무 춥지? 눈은 너무 이상하지 않아? 재스민 덤불이 어떻게 돼 버렸는지 봤어? 지난여름에는 어땠는지 너도 기억하지……." 뭐 이런 말을 말이지.'

투티키가 다리 난간에 앉아 노래를 부르고 있었다.

"나는 투티키고, 내가 말을 만들었지."

달리는 하얀 야생마
밤이 오기 전에 눈밭을 내달리지
하얀 야생마 근엄하게
큰 추위 등에 지고 나르지

그다음은 이해할 수 없는 후렴구가 이어졌다.
울적해진 무민이 물었다.
"무슨 뜻이야?"
투티키가 말했다.
"오늘 밤에 우리가 흰 말의 등에 강물을 붓겠다는 뜻이
야. 그러면 밤새 말이 꽁꽁 얼어. 그리고 큰 추위가 오면
달려 나가서 두 번 다시 돌아오지 않아."
무민은 잠깐 동안 잠자코 있었다.
이윽고 무민이 다시 입을 열었다.
"누가 우리 집에서 물건을 가져가 버렸어."
투티키가 쾌활하게 말했다.
"잘됐네. 너희 집에는 물건이 너무 많아. 추억거리도, 꿈
꿀 일도 너무 많고."
그러고는 2절을 부르기 시작했다.
무민은 몸을 홱 돌려 걸음을 옮겼다.
그러면서 생각했다.

'투티키는 나를 이해 못 하는구나.'

등 뒤에서는 즐거운 노래가 계속되었다.

무민이 화가 나서 울먹이며 중얼거렸다.

"노래는 너나 불러. 새까만 얼음이랑 눈으로 만든 쌀쌀맞은 말이랑 나타나지는 않고 숨어만 있는 이상한 녀석들밖에 없는 끔찍한 겨울 노래는 너나 부르라고!"

무민이 눈을 걷어차며 비탈을 터벅터벅 걸어 올라가는 동안 눈물이 무민의 뺨에서 얼어붙었고, 무민은 갑자기 자기만의 노래를 부르기 시작했다.

투티키가 듣고 약 오르라는 듯 무민은 악을 쓰며 고래고래 노래를 불렀다.

무민은 이런 화난 겨울 노래를 불렀다.

자, 들어 봐, 어둠의 짐승들
태양을 가져가고 추위를 가져온 너희들
이제 나는 정말 혼자고, 내 다리는 지쳤고
골짜기 나무의 푸른빛이 부질없이 그립고
새파란 베란다와 바다의 파도가 떠오르고
끔찍한 눈 속에서 이제 더는 살기 싫어!

무민은 운율을 맞추려고도 하지 않고 소리쳤다.

"태양이 떠올라서 내려다보면 너희가 얼마나 바보 같은
지 알게 되겠지."

그때 나는 해바라기에 파묻히고
따뜻한 모래밭에 엎드리고
온종일 정원과 벌들을 위해
창문을 활짝 열어 둬야지
그리고 나만의 오렌지빛 태양이 있는
맑고 푸른 하늘을 향해
창을 열어야지!

무민의 저항 노래가 끝나자 끔찍한 정적이 흘렀다.
무민은 가만히 서서 귀를 기울였지만, 아무도 대꾸하

지 않았다.

무민이 덜덜 떨며 생각했다.

'이제 무슨 일이든 일어나야 하는데.'

그때 정말로 무슨 일이 일어났다.

언덕 위에서 무언가가 미끄러져 내려오고 있었다. 내려오는 무언가가 반짝이는 눈보라를 일으키며 소리쳤다.

"저리 비켜! 조심해!"

무민은 옴짝달싹하지 못한 채 가만히 서서 쳐다보고만 있었다.

은쟁반이 무민을 향해 곧장 달려들었는데, 그 위에는 없어졌던 커피 주전자 덮개도 있었다.

무민이 겁에 질려 생각했다.

'투티키가 강물을 부었겠지. 그래서 그것들이 살아났고, 이제 달려 나가서 두 번 다시 돌아오지 않겠지……'

이제 부딪혔다.

무민은 내동댕이쳐져서 눈 속 깊이 파묻혔고, 투티키의 웃음소리가 들려왔다.

또 다른 웃음소리도 들렸는데, 세상에서 단 하나뿐인 웃음이었다.

무민이 눈을 입에 가득 문 채 소리쳤다.

"미이!"

무민은 너무 기쁘고 잔뜩 들떠서 벌떡 일어났다. 미이가 정말로 눈 위에 앉아 있었다. 미이는 머리와 두 팔을 내놓을 구멍을 뚫은 커피 주전자 덮개를 뒤집어쓰고 있었고, 수놓아진 장미는 가슴 한복판에 자리 잡고 있었다.

무민이 소리쳤다.

"미이! 세상에, 너도 알지 모르겠지만…… 여기는 딴 세상 같고, 너무 외롭고…… 지난여름에 어땠는지 너도 기억하지……."

미이가 눈에서 은쟁반을 끄집어내며 말했다.

"하지만 지금은 겨울이지. 앞구르기 멋지지 않았어!?"

무민이 말했다.

"자다 깼는데, 다시 잠이 오질 않는 거야. 문도 열리지 않고, 태양은 사라졌고, 싱크대 밑에 어떤 녀석이 사는데, 그 녀석조차도……."

미이가 활기차게 말했다.

"알아. 그래서 벽에 스티커를 덕지덕지 붙였지. 그래,

딱 너답더라. 이 쟁반 밑에 양초를 칠하면 더 빨라지지 않을까?"

투티키가 말했다.

"좋은 생각인데."

미이가 말했다.

"그러면 빙판에서 훨씬 빨리 미끄러질 수 있겠어. 무민의 집에서 좋은 돛까지 찾으면 말이야."

투티키가 말했다.

"그리고 바람이 계속 불어 주면."

무민은 미이와 투티키를 바라보며 생각에 잠겼다.

이윽고 나지막이 말했다.

"내 차광막을 빌려 줄게."

오후에 투티키는 큰 추위가 다가오는 느낌이 들었다. 투티키는 말의 등에 강물을 붓고, 장작을 탈의실로 옮겼다.

투티키가 말했다.

"오늘은 나가면 안 돼. 이제 얼음 여왕이 올 테니까."

보이지 않는 뾰족뒤쥐들이 고개를 끄덕였고 벽장에서도 알겠다는 듯이 바스락거리는 소리가 들려왔다. 투티키는 밖으로 나가 다른 이들에게도 경고를 하고 다녔다.

미이가 말했다.

"걱정하지 마. 너무 추워서 발가락이 간질거리기 시작하면 안으로 들어갈 테니까. 우리 언니한테는 지푸라기를 좀 더 덮어 주면 될 테고."

그러더니 쟁반을 다시 빙판 쪽으로 끌고 갔다.

투티키는 골짜기로 향했다. 가는 길에 꼬리가 예쁜 다람쥐를 만났다.

투티키가 말했다.

"오늘 저녁에는 밖에 돌아다니지 마. 큰 추위가 오니까."

다람쥐가 말했다.

"알았어. 그런데 내가 여기 어디에 솔방울을 뒀는데, 혹시 본 적 있어?"

투티키가 말했다.

"아니. 아무튼 이제 내 말을 잊지 않겠다고 약속해. 어두워지면 밖에 돌아다니지 마. 중요한 일이야."

다람쥐는 멍하니 고개를 끄덕였다.

투티키는 무민 가족의 집에 도착해 줄사다리를 타고 올라갔다. 지붕 출입구를 연 투티키가 큰 소리로 무민을 불렀다.

무민은 빨간 무명실로 가족의 수영복을 꿰매고 있었다.

투티키가 말했다.

"이제 큰 추위가 온다는 말을 해 주려고 들렀어."

무민이 물었다.

"지금보다 커? 도대체 얼마나 큰데?"

투티키가 대답했다.

"가장 위험해. 하늘이 초록빛으로 변할 때, 얼음 여왕이 바다에서 어둠을 뚫고 다가와."

무민이 물었다.

"여왕이라고?"

투티키가 말했다.

"응. 아주 아름다워. 하지만 얼음 여왕의 얼굴을 똑바로 바라보면 꽁꽁 얼어 버려. 누구든 말린 호밀 빵처럼 변해서 툭 치면 산산조각이 나지. 그러니까 오늘 밤에는 밖에 나가면 안 돼."

투티키는 지붕으로 다시 기어 나갔다.

무민은 지하실로 내려가서 보일러 안에 땔감을 가득

채웠다. 카펫을 넓게 펼쳐 잠자는 가족들을 덮어 주기
도 했다.

시계태엽까지 모두 감고 나서 무민은 집을 나섰다. 큰 추
위가 왔을 때 혼자 있고 싶지는 않았기 때문이었다.

무민이 탈의실에 도착하자, 더 창백해진 하늘이 초록빛
으로 변하기 시작했다. 바람은 잠들었고 시든 갈댓잎은 꼼
짝 않고 빙판 가장자리에 서 있었다.

무민이 귀를 기울이자, 고요한 가운데 낮은 노랫소리가
들려오는 듯했다. 얼음이 더 깊은 바다 속까지 파고들며
얼어붙어 가는 소리일 터였다.

탈의실은 따뜻했고 탁자에는 무민마마의 파란 커피 주
전자가 놓여 있었다.

무민이 정원 의자에 자리를 잡고 앉아서 물었다.

"얼음 여왕은 언제 와?"

투티키가 말했다.

"곧 와. 하지만 걱정할 것 없어."

무민이 말했다.

"나는 얼음 여왕은 걱정하지 않아. 다른 이들이 걱정이
지. 내가 전혀 모르는 이들 말이야. 싱크대 밑에 사는 녀석
이라든가. 저 벽장 속에 사는 누군가라든가. 또 아무 말 없

이 쳐다보기만 하는 그로크 같은 것들이 걱정스러워."

투티키는 코를 매만지며 생각에 잠겼다.

그러더니 입을 열었다.

"있지, 여름이나 봄, 가을에 맞지 않는 녀석들은 세상에 정말 많아. 모두 수줍음 많고 조금 이상한 녀석들이지. 야행성이거나 어디에도 어울리지 않고 아무도 믿지 않는 녀석들 말이야. 걔들은 일 년 내내 숨어 지내. 그러다 고요하고 세상이 새하얘지고 밤이 길어지고 모두 겨울잠에 들고 나면 그때 나타나."

무민이 물었다.

"녀석들을 알아?"

투티키가 대답했다.

"몇몇은 알아. 예를 들면, 싱크대 밑에 사는 녀석은 정말 잘 알지. 하지만 녀석은 비밀스럽게 살고 싶어 하니까 소개해 줄 수는 없어."

무민이 탁자 다리를 걷어차며 한숨을 내쉬었다.

그러고는 말했다.

"물론 그렇겠지. 하지만 나는 비밀스럽게 살고 싶지 않아. 완전히 다른 세상이 되어 버렸는데, 전에 살던 세상이 어땠는지 누구 하나 물어보려고 하질 않아. 미이마저도 진짜 세상이 어땠는지 이야기하질 않는다고."

투티키가 유리창에 얼굴을 대고 말했다.

"그렇지만 어떤 세상이 진짜인지 어떻게 알겠어? 저기 얼음 여왕이 오고 있어."

미이가 문을 벌컥 열어젖히더니 은쟁반을 바닥에 내던지고는 말했다.

"돛은 정말 마음에 들어. 하지만 머프*가 필요해. 무민 마마의 달걀 덮개는 어떻게 잘라 봐도 머프처럼 되질 않아. 이제 이 달걀 덮개는 난민 고슴도치**한테 줘도 가지려고 하질 않겠어."

무민이 달걀 덮개를 울적하게 바라보며 말했다.

"그래 보이네."

미이가 달걀 덮개를 바닥에 내던지자, 보이지 않는 뾰족뒤쥐가 곧장 화로로 가져갔다.

미이가 물었다.

"자, 이제 얼음 여왕이 오려나?"

투티키가 진지하게 말했다.

"그럴걸. 밖으로 나가서 보자."

무민과 미이와 투티키는 물에 뛰어드는 단상으로 나가

---

* **머프**(Muff)_ 토시 모양으로 만들어 양쪽으로 손을 넣는 방한 용구.—옮긴이

** 난민 고슴도치는 의지와는 상관없이 집에서 너무 급히 이동하느라 칫솔조차 챙기지 못한 고슴도치를 일컫는다.—지은이

바다를 향해 코를 킁킁거렸다. 저녁 하늘은 온통 초록빛
으로 물들었고 온 세상이 얇은 유리로 뒤덮인 듯했다. 고
요하기 그지없었고 하늘에 곱게 수놓아진 별들은 반짝이
며 얼음에 비쳤다. 날은 지독하게도 추웠다.

투티키가 말했다.

"그래. 얼음 여왕이 오고 있어. 안으로 들어가자."

탁자 밑에 있던 뽀족뒤쥐가 연주를 멈추었다.

얼음 여왕은 빙판 저 멀리에서부터 걸어왔다. 양초처럼
새하얬지만, 오른쪽 유리창에서 보면 빨간색으로 보였고,
왼쪽 유리창에서 보면 옅은 초록빛으로 보였다.

갑자기 유리창이 차디차게 얼어붙어 얼굴이 얼얼해지자
무민은 놀라서 뒷걸음질을 쳤다.

무민과 미이와 투티키는 화로 옆에 자리를 잡았다.

투티키가 말했다.

"저쪽은 보지 마."

미이가 텅 비어 아무것도 보이지 않는 품속을 내려다보며 화들짝 놀라서 내뱉었다.

"이봐, 누가 내 품속으로 기어 들어왔는데."

투티키가 말했다.

"뾰족뒤쥐가 겁먹어서 그래. 가만히 앉아 있어. 곧 갈 테니까."

이제 얼음 여왕이 탈의실을 지나가고 있었다. 창문을 통해 안을 들여다보기라도 했는지 차디찬 공기가 방을 훑고 지나가자 빨갛던 쇠 화로가 창백해졌다. 그러고 나자 모든 일이 끝났다. 보이지 않는 뾰족뒤쥐들은 수줍어하며 미이의 품에서 뛰쳐나왔고, 모두 창문으로 몰려가서 밖을 내다보았다.

얼음 여왕이 탈의실에 등을 돌리고 갈대밭 가장자리에 서 있었다. 무언가를 보는지 몸도 숙이고 있었다.

투티키가 말했다.

"그 다람쥐가 틀림없어. 내가 밖에 나오면 안 된다고 말했는데 잊어버렸나 봐."

아름다운 얼음 여왕은 다람쥐 쪽으로 고개를 숙였고, 멍하니 서 있던 다람쥐의 귓가를 할퀴었다. 다람쥐는 얼음 여왕의 차갑고 새파란 눈을 홀린 듯이 똑바로 쳐다보고 있었다. 얼음 여왕은 씩 웃더니 떠났다.

하지만 얼음 여왕이 남기고 간 발자국 위에는 바보 같은 다람쥐가 차갑고 뻣뻣해진 작은 발을 번쩍 든 채 누워 있었다.

투티키가 모자를 푹 눌러 쓰고 기분 나쁘게 말했다.

"상황이 좋지 않군."

투티키가 문을 열자, 탈의실 안으로 하얀 수증기가 밀려들었다. 잠시 뒤, 다시 문틈으로 슬그머니 들어온 투티키가 다람쥐를 탁자에 내려놓았다.

보이지 않는 뾰족뒤쥐들이 서둘러 뜨거운 물을 가져와 따뜻한 수건으로 다람쥐를 감쌌다. 하지만 다람쥐의 작은 발은 여전히 뻣뻣하게 번쩍 든 불쌍한 모습 그대로였고, 수염 한 올조차 움찔하지 않았다.

미이가 아무 감정도 섞이지 않은 목소리로 말했다.

"완전히 갔네."

무민이 떨리는 목소리로 속삭였다.

"어쨌든 다람쥐가 아름다운 뭔가를 봐서 다행이야."

미이가 말했다.

"글쎄. 어쨌든 지금은 모조리 잊어버렸겠지. 내가 다람쥐 꼬리로 작고 귀여운 머프를 만들어 써도 신경 쓰지 않을 테고."

무민이 깜짝 놀라 말했다.

"미이, 그러면 안 돼! 다람쥐는 꼬리랑 같이 묻혀야지. 다람쥐를 묻어 줘야 하잖아. 투티키, 그렇지?"

투티키가 말했다.

"음, 다람쥐가 죽으면 꼬리가 무슨 소용이 있는지 모르겠는데."

무민이 말했다.

"자꾸 다람쥐가 죽었다고 말하지 좀 마. 너무 끔찍하니까."

투티키가 다정하게 말했다.

"죽은 건 그냥 죽은 거야. 이 다람쥐는 끝내 흙으로 돌아가겠지. 훗날 그 땅에는 새로운 다람쥐들이 뛰어오를 나무가 자랄 테고. 그런데도 그게 그렇게 슬퍼?"*

무민이 팽하고 코를 풀더니 말했다.

* 만약 울기 시작한 독자가 있다면 빨리 167쪽을 보길 바란다.—지은이

"아닐지도 몰라. 하지만 어쨌든 내일은 다람쥐를 꼬리까지 온전히 묻어 줘야 하고, 정말 멋지고 제대로 된 장례식도 치러야 해."

다음 날, 탈의실은 무척 추웠다. 화로에는 아직 불씨가 남아 있었지만, 보이지 않는 뾰족뒤쥐들은 맥이 빠진 듯했다. 무민의 집에서 가져온 커피 주전자 뚜껑에는 살얼음이 끼었다.

무민은 죽은 다람쥐를 생각해서 커피를 한 모금도 입에 대지 않았다.

무민이 엄숙하게 말했다.

"내 목욕 가운 좀 꺼내 줘. 엄마가 그랬는데, 장례식은 추운 법이래."

투티키가 말했다.

"돌아서서 열까지 세."

무민이 창문 쪽으로 돌아서서 숫자를 셌다. 무민이 8까지 셌을 때, 투티키가 벽장문을 닫은 다음 파란색 목욕 가운을 건넸다.

무민이 쾌활한 목소리로 말했다.

"내 목욕 가운이 파란색이라고 말했었는데 잊지 않았구나."

무민은 곧장 주머니에 손을 넣어 보았지만 선글라스는 없었다.

그 대신 주머니에는 모래 조금과 동그랗고 하얀 돌멩이가 들어 있었다.

무민은 돌멩이를 손에 꼭 쥐었다. 그 동그란 돌멩이에는 여름이 온전히 남아 있었고, 아직까지도 햇볕의 온기가 느껴지는 듯했다.

미이가 말했다.

"너 지금 꼭 잘못 초대받아 온 손님 같아 보여."

무민은 미이를 돌아보지 않았다.

무민이 엄하게 말했다.

"장례식에 가겠다는 거야, 말겠다는 거야?"

투티키가 말했다.

"물론 가야지. 어떻게 보면 좋은 다람쥐였으니까."

미이가 말했다.

"특히 꼬리가."

무민과 미이와 투티키는 다람쥐를 낡은 수영 모자로 감싸 들고 싸한 추위 속으로 나섰다.

발밑에서 눈이 뽀드득거렸고, 숨을 내쉴 때마다 하얀 입김이 피어올랐다. 얼굴은 꽁꽁 얼어붙어서 찌푸려지지도 않았다.

신이 난 미이가 얼어붙은 바닷가를 뛰어다니며 말했다.

"여기 엄청 단단해."

무민이 부탁했다.

"조금만 천천히 가. 어쨌거나 장례식이잖아."

무민은 얼어붙은 공기 때문에 숨이 막힐까 봐 숨을 아주 짧게 내쉬었다.

미이가 흥미롭다는 듯이 말했다.

"무민, 너한테 눈썹이 있는 줄은 몰랐네. 네 눈썹이 새하얘져서 깜짝 놀란 표정이 됐어."

투티키가 잘라 말했다.

"서리가 앉아서 그래. 그리고 이제 입 좀 다물어. 나도 그렇지만 너도 장례식을 어떻게 치러야 하는지 모르잖아."

무민은 기분이 좋아졌다. 집 앞에 도착한 무민은 눈으로 만든 말 앞에 다람쥐를 내려놓았다.

그런 다음, 줄사다리를 타고 올라가서 모두가 잠든 따뜻

한 거실로 들어갔다.

무민은 서랍장을 모조리 뒤졌다. 서랍이란 서랍은 모두 뒤집어엎었지만, 찾는 물건은 보이지 않았다.

무민은 무민마마의 침대로 가서 엄마의 귀에 대고 속삭이는 목소리로 물었다. 무민마마는 한숨을 내쉬고 돌아누웠다. 무민이 다시 한 번 속삭였다.

무민마마가 잠결에 대답했는데, 마음속 깊이 간직하고 있는 모성에서 흘러나온 대답이었다.

"상장(喪章)은…… 내 벽장 속에 있단다……. 맨 위에…… 오른쪽……."

무민마마는 다시 겨울잠에 빠져들었다.

무민은 계단 밑에서 사다리를 가져와 벽장 선반 맨 꼭대기까지 올라갔다.

선반 위에서 무민은 조의를 표하는 검은 띠와 큰 축제 때 쓰는 금색 띠와 집 열쇠와 샴페인 거품기와 자기 그릇을 붙이는 데 쓰는 접착제와 여벌로 남겨 놓은 침대 기둥에 꽂는 놋쇠 꼭지처럼 정말 가끔 필요할지도 모르는 쓸모없는 온갖 물건이 잔뜩 들어 있는 상자를 찾아냈다.

무민이 돌아왔을 때, 꼬리에 상장을 달고 있었다. 무민은 검은 끈으로 작은 리본을 만들어 투티키의 모자에 달아 주었다.

하지만 미이는 죽어도 띠를 달지 않겠다고 버텼다.

미이가 말했다.

"내 슬픔을 보여 주려고 리본을 달 필요는 없어."

무민이 말했다.

"슬프면 리본을 달아야 해. 너는 슬프지 않으니까 달지 않으려는 거잖아."

미이가 말했다.

"그래, 슬프지 않아. 난 기쁘거나 화나기만 해. 내가 슬퍼한들 다람쥐한테 무슨 도움이 되겠어? 하지만 화가 나면 얼음 여왕의 다리를 물어 버릴 수는 있어. 그러면 얼음 여왕은 다음에 또 털이 보송보송하게 나서 귀엽다면서 작은 다람쥐의 귓가를 할퀴지 않으려고 조심할지도 모르지."

투티키가 말했다.

"일리 있는 말이야. 하지만 무민도 옳아. 그럼 이제 뭘 하면 돼?"

무민이 말했다.

"구덩이를 파야지. 예쁜 데이지가 자라는 자리가 있어."

투티키가 서글프게 말했다.

"하지만 무민, 땅이 얼어붙어서 돌처럼 단단해. 메뚜기 한 마리 묻을 구덩이도 팔 수 없을걸."

무민은 말없이 맥없는 눈길로 투티키를 바라보았다. 아무도 입을 열지 않았다. 그런데 바로 그때, 눈으로 만든 말이 고개를 숙여 다람쥐에게 코를 대고 조심스럽게 킁킁거렸다. 그러더니 미심쩍다는 듯 거울로 만든 눈을 무민 쪽으로 돌리고 빗자루로 된 꼬리를 가만히 흔들었다.

동시에 보이지 않는 뾰족뒤쥐가 플루트로 슬픈 선율을 연주하기 시작했다. 무민은 고마움에 고개를 끄덕였다.

그러자 눈으로 만든 말이 다람쥐를 꼬리와 수영 모자까지 몽땅 등에 짊어지고는 바닷가 쪽으로 발걸음을 옮기기 시작했다.

투티키가 다람쥐 노래를 불렀다.

작은 다람쥐였다네
작디작은 다람쥐였다네
말귀 못 알아듣는 멍청이였지만
따뜻하고 솜털이 보송보송했다네
이제 다람쥐는 차가워, 아주 차가워
작은 발은 뻣뻣해져 버렸네
하지만 꼬리는 아직도
세상 가장 예쁘다네

말은 발굽으로 빙판이 단단한지 확인한 다음 고개를 홱 돌렸고, 눈을 반짝이며 빛내기 시작했다. 그리고 기쁘다는 듯 갑자기 풀쩍 뛰어오르더니 내달리기 시작했다.

보이지 않는 뾰족뒤쥐는 새롭고 즐겁고 빠른 선율을 연주하기 시작했다. 눈으로 만든 말은 다람쥐를 등에 얹고 계속해서 더 멀리 달려갔다. 수평선까지 나아간 말은 점

처럼 작아졌다.

　무민이 걱정스럽다는 듯이 말했다.

　"제대로 된 일인지 모르겠어."

　투티키가 말했다.

　"이보다 더 제대로 될 수는 없어."

　미이가 말했다.

　"아니지. 더 제대로 될 수도 있었어. 내가 그 예쁜 꼬리
로 머프를 만들었다면 말이지."

제4장

비밀스러운 녀석들

다람쥐의 장례식을 치르고 며칠이 지난 뒤, 무민은 누군가 장작 창고에서 토탄을 훔쳐 갔다는 사실을 깨달았다.

장작 창고 바깥으로 눈밭에 누군가 자루를 끌고 가기라도 한 듯이 넓은 자국이 길게 나 있었다.

무민이 생각했다.

'미이 짓은 아니야. 미이는 너무 작으니까. 투티키는 필요한 물건이 아니면 가져가지 않고. 그로크 짓이 틀림없어.'

뒷목의 털이 쭈뼛 곤두설 만큼 무서웠지만 무민은 그 자국을 따라가기 시작했다. 무민 말고는 다른 누구도 가족

69

의 물건을 지킬 수 없으니 이 일에는 무민의 명예가 걸려 있다고 할 수 있었다.

그 자국은 동굴 뒤에 있는 바위까지 가서야 끝났다.

그곳에 토탄 자루들이 있었다. 모닥불을 피울 때 쌓아 올리는 장작처럼 토탄 자루가 켜켜이 쌓여 있었고, 그 위에는 지난 8월에 앞다리가 하나 부러진 정원 의자가 놓여 있었다.

모닥불 더미 뒤에서 나타난 투티키가 말했다.

"저 의자가 효과가 좋을 거야. 나무가 오래된 데다 바싹 말랐으니까."

무민이 말했다.

"틀림없겠지. 우리 집에서 아주 오랫동안 썼으니까. 하지만 고쳐 쓸 수도 있었어."

투티키가 말했다.

"새로 하나 만들어도 되잖아. 그건 그렇고, 커다란 겨울 모닥불을 피운 투티키 노래를 들어 볼래?"

무민이 부드럽게 말했다.

"좋아."

그러자 투티키가 천천히 눈을 밟으며 노래를 부르기 시작했다.

이제 외롭고 말 없는
조용하고 사나운
그들이 다가온다
— 북을 친다 —
모닥불이 타닥거린다
새하얗게 새까맣게!
꼬리가 왔다 갔다
흔들흔들 춤을 추고
— 북을 친다 —
북을 치고 춤을 춰라
새까매진 한밤중에!

무민이 소리쳤다.

"새까만 밤 노래는 들을 만큼 들었어! 이제 됐어, 후렴구는 듣고 싶지 않아. 얼어 죽겠어! 외롭다고! 나는 태양을 돌려받고 싶단 말이야!"

투티키가 말했다.

"오늘 저녁에 우리가 커다란 겨울 모닥불을 피우려는 이유가 바로 그래서야. 내일이면 태양을 돌려받을 수 있어."

무민이 바들바들 떨며 다시 말했다.

"태양 말이지."

투티키가 고개를 끄덕이더니 코를 훔쳤다.

무민은 한동안 가만히 있었다.

그러더니 조심스럽게 입을 열었다.

"정원 의자가 있는지 없는지 태양이 알까?"

투티키가 딱 잘라 말했다.

"내 말 좀 들어 봐. 오늘 피우는 모닥불은 너희 집 정원 의자보다 천 년쯤 더 오래됐어. 정원 의자가 힘을 보탠다는 데 자부심을 가져도 좋아."

그러자 무민은 더는 아무 말도 하지 않았다.

그 대신 깊은 생각에 잠겼다.

'이 일을 가족들에게 어떻게 설명한담. 봄 폭풍에 새 의자가 떠밀려오면 좋겠다.'

모닥불 더미는 점점 더 커졌다. 마른 나무와 썩은 나무줄기, 낡은 통과 누군가 물가에서 찾아낸 판자가 바위 위로 끌려왔다. 하지만 장작거리를 쌓는 이들은 눈에 보이지 않았다. 무민은 주위가 누군가로 가득 차 있다는 사실은 알고 있었지만, 누구 하나 볼 수는 없었다.

미이는 판지로 만든 상자를 모닥불로 끌고 왔다.

미이가 말했다.

"이건 이제 필요 없어. 은쟁반이 훨씬 잘 미끄러져. 우리 언니는 거실 카펫을 말고 자면 되고. 불은 언제 피워?"

투티키가 말했다.

"달이 떠오르면."

저녁 내내 무민은 바짝 긴장하고 있었다. 이 방 저 방으로 돌아다니며 평소보다 촛불을 더 많이 켰다. 이따금 잠든 가족들의 숨소리와 거세어지는 추위 때문에 벽이 바스락거리는 소리에 귀 기울이며 우두커니 서 있기도 했다.

무민은 이제 투티키가 말했던 빛을 낯설어하고 비현실적인 녀석들이 모두 동굴에 나타나겠다고 생각했다. 녀석들은 작은 벌레들이 어둠과 추위를 피하려고 쌓아 올린 커다란 모닥불 쪽으로 살그머니 나올 터였다. 그러면 드디어 녀석들을 만나게 되리라.

무민은 등잔을 켜고 다락으로 갔다.

지붕 출입구를 열었다. 달은 아직 보이지 않았지만, 오로라가 내뿜는 창백한 빛줄기가 골짜기를 밝히고 있었다. 다리 아래로 길게 한 줄로 늘어선 횃불 행렬이 움직이고 있

었고, 그 주위로 그림자들이 일렁이며 춤추었다. 횃불 행렬은 바다 쪽 높은 산으로 올라가고 있었다.

무민은 불이 켜진 등을 들고 조심스럽게 기어 내려갔다. 정원과 숲이 어슴푸레한 불빛과 속삭임으로 가득 차 있었고, 흔적은 모두 동굴 쪽으로 이어지고 있었다.

무민이 바닷가에 도착했을 때, 달은 빙판 위 저만치 아득하게 높은 곳에 분필처럼 새하얗게 떠 있었다. 누군가 옆에서 움직이는 기척이 느껴져 돌아보자, 고약한 표정에 눈빛을 번뜩이는 미이가 보였다.

미이가 웃으며 말했다.

"이제 불을 붙이겠네. 우리가 달빛을 몽땅 태워 버릴지도 몰라."

무민과 미이가 동시에 동굴 쪽을 쳐다보자, 투티키가 모닥불에 불을 붙였는지 일렁이는 노란 불꽃이 보였다.

불꽃은 순식간에 모닥불 밑바닥에서부터 꼭대기까지 집어삼켰고, 사자가 포효하는 듯한 모습이 새까만 얼음 위에 비쳤다. 외로운 선율이 짤막하게 무민을 스쳐 지나갔는데, 보이지 않는 뾰족뒤쥐가 겨울 의식에 늦어 서둘러 지나가며 들려준 소리였다.

바위 꼭대기에서 크고 작은 그림자들이 의식에 맞춰 모닥불 주위를 돌고 있었다. 그러더니 꼬리들이 둥둥거리며

북을 치기 시작했다.

미이가 말했다.

"저기 정원 의자가 가고 있어."

무민이 어쩔 줄 몰라 하며 말했다.

"의자로 뭘 하려는 걸까?"

무민은 타오르는 불빛을 받아 빛이 일렁이는 얼어붙은 바위 위를 비틀비틀 올라갔다. 열기에 눈이 녹아내려 무민의 발아래로 따뜻한 물이 흐르고 있었다.

무민은 들떠서 생각했다.

'태양이 돌아오겠지. 어둠과 외로움은 이제 안녕이야. 다시 베란다에 앉아서 등을 따뜻하게 덥힐 수도 있을 테고…….'

이제 무민은 바위 꼭대기에 도착했다. 모닥불 주위는 뜨거웠다. 보이지 않는 뾰족뒤쥐가 색다르고 흥겨운 선율을 연주하기 시작했다.

하지만 춤추는 그림자들은 가장자리로 물러났고 둥둥거리는 북소리는 모닥불 반대편으로 점점 멀어져 갔다.

무민이 물었다.

"왜 다들 떠나?"

투티키는 푸른 눈으로 무민을 가만히 바라보았다. 하지만 무민은 투티키가 정말로 자신을 보고 있는지 알 수 없었다. 해마다 무민이 따뜻한 집에서 잠을 자는 동안, 투티키는 낯선 법칙을 따르는 자신만의 겨울 세상을 보아왔다.

무민이 물었다.

"탈의실 벽장 속에 사는 녀석은 어디 있어?"

투티키가 멍하니 되물었다.

"뭐라고?"

무민이 다시 말했다.

"벽장 속에 사는 녀석을 만나고 싶어!"

투티키가 대답했다.

"그 동물은 밖으로 나오면 안 돼. 무슨 짓을 저지를지 몰라."

작고 다리가 긴 생명들이 빙판을 넘어 연기처럼 몰려들었다. 누군가 은빛 나팔을 불며 무민을 지나쳐 갔고 새까맣고 커다란 날개가 있는 무언가가 모닥불 앞에서 퍼덕이다가 북쪽으로 날아갔다. 하지만 모두 너무 재빨리 지나가 버려서 무민은 아무도 소개받지 못했다.

무민이 투티키의 옷을 잡아끌며 부탁했다.

"투티키, 제발."

그러자 투티키가 다정하게 말했다.

"싱크대 밑에 사는 동물이 저기 있어."

눈썹이 덥수룩하게 나 있는 자그마한 동물이 혼자 모닥
불을 바라보며 앉아 있었다.

무민이 그 동물의 옆에 앉아 말했다.

"말린 빵이 너무 오래되지는 않았어?"

작은 동물은 무민을 쳐다보았지만 아무 대답도 하지 않
았다.

무민이 점잖게 말을 이었다.

"네 눈썹은 보기 드물게 덥수룩하구나."

그러자 눈썹이 덥수룩한 동물이 대답했다.

"스나다프 우무흐."

무민이 깜짝 놀라 물었다.

"뭐라고?"

작은 동물이 벌컥 화내며 말했다.

"라담사."

투티키가 설명했다.

"녀석한테는 자기만의 언어가 있는데, 네가 무례한 말을 했다고 생각해."

무민이 걱정스럽게 말했다.

"하지만 나는 그런 뜻으로 한 말이 아니었어."

그러더니 사과하듯 덧붙였다.

"라담사, 라담사."

그러자 눈썹이 덥수룩한 동물은 정신이 나간 듯 벌떡 일어나더니 사라져 버렸다.

무민이 말했다.

"이제 어떡하면 좋지? 녀석은 내가 뭔가 다정한 말을 건네려고 했다는 사실도 모르고 일 년 내내 싱크대 밑에 틀어박혀 있을 텐데!"

투티키가 말했다.

"그런 일도 일어나는 법이지."

정원 의자는 활활 타오르는 불꽃 한가운데로 무너져 내렸다.

이제 더는 타오를 것이 남아 있지 않았지만, 모닥불 주위는 은은하게 빛났고 녹은 물이 바위틈을 콸콸대며 흘러 내렸다. 그때 뾰족뒤쥐가 연주를 멈추었고, 모두 빙판 위를 바라보았다.

그곳에 그로크가 앉아 있었다. 그로크의 작고 동그란 눈에 비치는 불빛을 뺀 온몸이 형태 없는 거대한 잿빛 덩어리처럼 보였다. 그로크는 지난 8월에 봤을 때보다 훨씬 더 컸다.

그로크가 발을 질질 끌며 바위 위로 올라오자 둥둥 울리던 북이 조용해졌다. 그로크는 곧장 모닥불로 다가갔다. 그러더니 아무 말도 하지 않고 앉았다.

쉬익하는 소리가 무척 크게 들려왔고 바위 위는 온통 수증기로 뒤덮였다. 수증기가 가신 뒤, 그 자리에 빛이라고는 눈곱만큼도 남지 않았다. 입김을 내뿜는 거대한 잿빛 그로크만 남아 있었다.

무민은 바닷가로 자리를 옮겼다. 그러고는 투티키를 찾아 소리쳤다.

"어떻게 됐어? 그로크가 태양을 꺼 버렸어?"

투티키가 말했다.

"진정해. 그로크는 불을 끄러 온 게 아니라 몸을 데우러 왔을 뿐이야. 불쌍한 녀석이지. 하지만 그로크가 앉는 곳은 어디든 온기가 사라져 버려. 지금 그로크는 다시 속상해하고 있어."

무민은 그로크가 몸을 일으켜 얼어붙어 버린 숯덩이에 코를 대고 킁킁거리는 모습을 지켜보았다. 그로크는 바위

위에서 여전히 밝게 타오르고 있는 무민의 등잔 쪽으로 갔다. 등잔불도 꺼졌다.

그로크는 잠시 그 자리에 서 있었다. 모두 떠나 버린 바위 위는 이제 텅 비었다. 그로크도 빙판 쪽으로 미끄러지듯 돌아가더니 올 때처럼 쓸쓸하게 어둠 속으로 사라져 버렸다.

무민도 집으로 돌아왔다.

잠들기 전에 무민은 무민마마의 귀를 조심스럽게 잡아당기며 속삭였다.

"별로 재미있는 축제는 아니었어요."

무민마마가 잠결에 중얼거렸다.

"저런, 무민. 아마 다음번에는……"

부엌 싱크대 밑에서는 눈썹이 덥수룩한 동물이 혼자 앉

아 험한 말을 늘어놓고 있었다.

그 동물이 말했다.

"라담사! 라담사!"

그러더니 어깨를 으쓱했다. 자기 말고는 아무도 무슨 뜻인지 이해할 수 없을 말이었다.

투티키는 빙판 밑에 앉아 낚시를 하고 있었다. 투티키는 가끔 바닷물이 빠져서 얼마나 편리한지 모르겠다고 생각했다. 바닷물이 빠지면 탈의실 옆에 있는 얼음 구멍으로 낚싯대를 들고 기어 내려가서 돌에 걸터앉기만 하면 됐다. 머리 위로는 기분 좋은 초록빛 얼음 천장이, 발아래에는 바다가 펼쳐졌다.

시커먼 바닥과 초록빛 천장, 둘은 서로 맞닿아 어둠에

잠길 때까지 끝없이 이어지고 있었다.

투티키의 옆에는 작은 물고기 네 마리가 있었다. 한 마리만 더 잡으면 생선 수프를 끓일 수 있었다.

갑자기 급한 발걸음 소리와 함께 다리 흔들리는 소리가 들려왔다. 무민이 위에서 탈의실 문을 쾅쾅 두드렸다. 잠시 기다리는 듯하더니 다시 쾅쾅 두드렸다.

투티키가 소리쳤다.

"여기야! 빙판 밑에 있어!"

메아리가 얼음 천장 밑에서 뛰어오르며 "여기야!"라고 소리쳤다. 그리고 앞뒤로 여러 번 미끄러지며 "빙판 밑에!"라고 소리쳤다.

잠시 뒤, 무민의 얼굴이 얼음 구멍 밑으로 조심스럽게 나타났다. 귀에는 해진 금색 띠로 만든 리본을 달고 있었다.

무민은 차디찬 김을 내뿜는 새까만 물과 투티키가 잡은 물고기 네 마리를 보았다.

무민이 덜덜 떨며 말했다.

"오지 않잖아."

투티키가 물었다.

"뭐가?"

무민이 소리쳤다.

"태양!"

메아리가 다시 말했다.

"태양!"

빙판 밑 저 멀리까지 "태양, 태양, 태양⋯⋯." 하고 점점 약해지는 소리로 울렸다.

투티키가 낚싯줄을 감고는 말했다.

"그렇게 서두르지 마. 태양은 해마다 오늘 왔어. 지금도 오고 있겠지. 나 좀 올라가게 고개 좀 빼."

투티키는 얼음 구멍에서 기어 나와 탈의실 계단에 앉았다. 그러고는 잠시 코를 킁킁거리며 귀를 기울였다.

투티키가 말했다.

"얼마 안 남았어. 여기 앉아서 기다려."

미이가 빙판을 미끄러져 오더니 무민과 투티키의 옆에 앉았다. 미이는 더 잘 미끄러지도록 발밑에 쇠로 된 뚜껑을 달았다.

미이가 말했다.

"그럼 이제 뭔가 이상한 일이 일어날 때까지 또 기다려야겠네. 그렇다고 해서 좀 더 밝아졌으면 좋겠다는 말은 아니지만."

육지 쪽에서 늙은 까마귀 두 마리가 날아와 탈의실 지붕에 내려앉았다. 몇 분이 지났다.

어스름한 수평선 위에서 갑자기 붉은빛이 강렬해지자,

무민은 등에 난 털이 쭈뼛 곤두설 만큼 잔뜩 흥분했다. 빛은 가느다란 붉은 선으로 한데 모이더니 빙판 위로 기다란 빛줄기를 내뿜기 시작했다.

무민이 소리쳤다.

"저기 있어!"

무민은 미이를 번쩍 들어 올려 뽀뽀했다.

미이가 말했다.

"으, 바보처럼 굴지 마. 이렇게 호들갑 떨 이유가 뭐가 있어?"

무민이 소리쳤다.

"왜 없어! 봄이 오잖아! 따뜻해지고! 모두 일어나겠지!"

무민은 빙판에 놓여 있던 물고기 네 마리를 집어 들더니 공중으로 높이 던졌다. 그리고 빙판 위에서 물구나무를 섰다. 이제껏 이렇게 행복했던 적이 없었다.

그때 다시 빙판이 어두워지기 시작했다.

까마귀들은 공중으로 날아올라 육지 쪽으로 천천히 날개를 퍼덕였다. 투티키는 물고기를 주워 모았고 조그맣게 모습을 드러냈던 붉은 빛줄기는 다시 수평선 뒤로 기어 들어가 버렸다.

겁에 질린 무민이 말했다.

"태양이 후회해서 다시 들어가 버린 걸까?"

"네가 한 짓을 보면 당연히 후회했겠지."

미이는 이렇게 말한 다음, 깡통 뚜껑을 발로 끌며 미끄러져 내려가 버렸다.

투티키가 말했다.

"태양은 내일 돌아올 거야. 그때는 치즈 껍질만큼이겠지만 오늘보다는 조금 더 커지긴 할 테고. 그러니까 이제 진정해."

투티키는 냄비에 바닷물을 채우러 빙판 밑으로 기어 내려갔다.

물론 투티키의 말이 옳았다. 태양이 그냥 하늘에 번쩍 떠오를 리는 없었다. 하지만 투티키의 말이 옳다고 해서 무민의 실망이 덜어지지는 않았다.

빙판을 바라보며 우두커니 앉아 있던 무민은 갑자기 화가 치밀어 참을 수가 없었다. 격한 감정이 대부분 그렇듯

화는 배 속에서부터 끓어올랐다. 속임수에 넘어간 듯 배신감이 들었다.

무민은 귀에 금색 띠를 매달고 호들갑스럽게 굴었던 자신이 너무 부끄러웠다. 그래서 더욱더 화가 치밀어 올랐다. 무민은 마음을 진정시키려면 아주 끔찍하고 절대로 해서는 안 되는 어떤 일을 해야 한다고 생각했다. 그것도 지금 당장.

자리에서 벌떡 일어난 무민은 부잔교를 건너 탈의실로 뛰어 들어갔다. 그리고 곧장 벽장문을 활짝 열어젖혔다. 목욕 가운이 걸려 있었다. 제대로 공기를 채워 본 적이 없는 헤물렌 모양 튜브도 있었다. 꼭 지난여름 같았다. 하지만 벽장 바닥에는 몸집이 자그마한 무언가가 웅크린 채 무민을 쳐다보고 있었는데, 털이 길고 잿빛 몸에 코는 큼지막했다.

갑자기 그 무언가가 바람처럼 화다닥 무민을 지나쳐 밖으로 나갔다. 무민은 까맣고 기다란 끈 같은 꼬리가 탈의실 문을 미끄러져 나가는 모습을 멍하니 지켜보았다. 문틈에 꼬리가 잠깐 끼었지만, 잡아당겨 빼낸 다음에 그 무언가는 완전히 자취를 감추어 버렸다.

바로 그때 투티키가 냄비를 들고 들어와서 말했다.

"그래, 문을 열지 않고 배겨 낼 수가 없었나 보지."

무민이 퉁명스럽게 말했다.

"늙어빠진 쥐밖에 없었어."

투티키가 말했다.

"쥐가 아니야. 트롤이지. 너 같은 무민이 되기 전의 트롤 말이야. 천 년 전 네 모습이라고 할 수 있지."

무민은 무슨 말을 해야 좋을지 몰랐다. 집으로 돌아가 거실에 앉아 생각에 잠겼다.

잠시 뒤, 미이가 양초와 설탕을 빌리러 왔다.

미이가 우습다는 듯 말했다.

"네 끔찍한 이야기는 들었어. 네 조상을 벽장 밖으로 꺼내 줬다던데. 서로 닮았다며."

무민이 말했다.

"윽, 입 다물어."

무민은 다락으로 가서 가족 사진첩을 찾아냈다.

가족 사진첩에는 훌륭한 무민들의 사진이 가득 담겨 있었는데, 주로 타일 난로 앞이나 베란다에서 찍은 사진이었다. 하지만 벽장에 있던 트롤과 닮은 구석이라고는 전혀 없었다.

1878년 3월 10일 헬싱키에서

무민은 생각했다.

'틀림없이 잘못 알았겠지. 내가 벽장 속에 있던 트롤이랑 한 핏줄일 리가 없어.'

무민은 잠든 무민파파를 바라보았다. 코 모양이 트롤과 조금 비슷해 보였다.

'그렇지만 천 년 전쯤에는……?'

갑자기 크리스털 샹들리에가 딸랑거리기 시작했다. 샹들리에는 앞으로 뒤로 가만가만 흔들렸고, 틈 속에서 누군가가 움직이고 있었다. 털이 덥수룩하고 몸집이 작았으며 크리스털 사이로 기다랗고 새까만 꼬리를 길게 늘어뜨리고 있었다.

무민이 중얼거렸다.

"트롤이 저기 있어. 거실 등에서 지내려나 봐."

하지만 별로 위험해 보이지는 않았다. 무민은 마법에 걸린 겨울에 점점 익숙해지고 있었다.

무민이 조용히 물었다.

"거긴 어때요?"

트롤이 틈 너머로 무민을 쳐다보며 까딱까딱 귀를 흔들었다.

무민이 이어 말했다.

"크리스털 샹들리에가 상하지 않게 조심해 주세요. 우

리 집안 가보거든요."

트롤이 잔뜩 긴장한 표정으로 귀를 기울인 채 무민을 바라보며 고개를 갸웃거렸다.

무민이 생각했다.

'이제 입을 열겠지.'

트롤이 무슨 말을 할지도 모른다고 생각하자마자, 무민은 끔찍한 두려움에 사로잡혀 버렸다. 혹시라도 눈썹이 덥수룩한 동물처럼 트롤도 알아듣지 못할 말을 늘어놓을지도 몰랐다. 아니면 화가 잔뜩 나서 "라담사." 같은 말을 하거나. 그러면 무민은 트롤과는 영영 친해질 수가 없을 터였다.

무민이 속삭였다.

"쉿! 아무 말도 하지 마세요."

무민과 트롤은 결국 한 핏줄이 맞을 터였다. 그리고 친척은 한 번 방문하면 오랫동안 함께 지낼 수도 있었다. 트롤이 떠나지 않고 계속 머물지도 모를 일이었다. 그 속을 누가 알겠는가. 게다가 까딱 잘못하면 트롤이 오해하고 화를 낼지도 몰랐다. 그러면 무민 가족은 화가 난 조상과 평생 한 집에서 살아야 했다.

무민이 다시 말했다.

"쉿! 쉿!"

트롤은 크리스털 샹들리에를 흔들었지만, 아무 말도 하지 않았다.

무민이 생각했다.

'집을 보여 줘야겠네. 친척이 오면 엄마도 그렇게 하셨을 테니까.'

무민은 등을 가져와 〈창가의 필리용크〉라는 예쁜 그림을 비추었다. 트롤은 그림을 바라보며 몸을 부들부들 떨었다.

무민은 계속해서 플러시 천으로 덮은 소파를 등으로 비추었다. 무민은 의자를 차례대로 모두 보여 주었고, 거실에 있는 거울과 해포석으로 만든 전차 말고도 무민 가족의 집에 있는 소중하고 아름다운 물건들을 하나하나 빠짐없이 보여 주었다.

트롤은 모든 물건을 유심히 살펴보기는 했지만 어떤 의미가 있는지는 제대로 이해하지 못하는 듯했다. 결국 무민은 한숨을 내쉬고 등을 타일 난로 옆에 내려놓았다. 하지만 바로 그때 트롤이 흥미를 보였다.

잿빛 작은 넝마가 바닥에 떨어지기라도 하듯 크리스털 샹들리에에서 쿵하고 내려온 트롤은 타일 난로 주위를 부산스럽게 이리저리 뛰어다녔다. 타일 난로 입구에 머리를 밀어 넣고 잿더미에서 나는 냄새를 맡아 보기도 했다. 환

기구를 여닫는 끈에 수놓아진 장식을 특히 흥미 있어 했고, 타일 난로와 벽 사이로 난 틈새에 코를 박고 한참 동안 킁킁거리기도 했다.

무민이 깜짝 놀라 생각했다.

'틀림없어. 나랑 트롤이 한 핏줄이야. 우리 조상은 타일 난로 뒤에 살았다고 엄마가 늘 그랬어……'

바로 그때 어스름해질 무렵에 울리도록 맞춰 놓았던 자명종 소리가 들리기 시작했는데, 무민은 늘 그 시간이면 다른 때보다도 특히 더 간절하게 누군가와 함께 있고 싶었기 때문이었다.

트롤이 갑자기 얼어붙기라도 한 듯 멈추어 섰다가 재를 날리며 휭하니 타일 난로 속으로 들어갔다. 그리고 잠시 뒤, 환기구를 여닫는 철판을 건드리는 덜컹거리는 소리가 요란하게 들리기 시작했다.

무민은 자명종을 끄고 가슴을 졸이며 기다렸다. 하지만

더는 아무 소리도 들려오지 않았다.

굴뚝에서 그을음이 조금 떨어져 내렸고, 환기구 끈이 흔들렸다.

무민은 마음을 가라앉히려고 지붕으로 올라갔다.

미이가 썰매를 끌고 가며 소리쳤다.

"그래, 너희 조상이랑은 잘 지내고 있어?"

무민이 점잔을 빼며 말했다.

"아주 잘 지내고 있지. 우리처럼 유서 깊은 집안은 어떻게 행동해야 하는지 잘 알아."

무민은 갑자기 조상이 있다는 사실이 아주 자랑스러워졌다. 미이는 족보도 없을 뿐더러 우연히 세상에 왔다고 생각하자 들뜨기까지 했다.

그날 밤, 무민의 조상인 트롤 앤시스터는 아주 조용하면서도 놀라운 힘을 발휘해 집 안에 있는 가구를 모조리 다시 배치했다.

소파는 타일 난로 쪽으로 돌려놓았고, 그림은 모두 다른 자리에 걸었다. 가장 마음에 들지 않는 그림은 위아래를 뒤집어 거꾸로 걸어 놓았다. (가장 마음에 드는 그림이었을지도 모르지만 그 속을 누가 알겠는가.)

가구는 모두 옮겨졌고 자명종은 쓰레기통에 아무렇게

나 처박혔다. 그 대신, 앤시스터는 다락에서 낡고 오래된
폐물을 잔뜩 끄집어내서는 타일 난로 주위에 산더미처럼
쌓아 놓았다.

투티키가 보러 왔다.

코를 훔치며 투티키가 말했다.

"이곳을 자기 집처럼 꾸미느라 그랬나 봐. 자기 보금자리
주위에 아늑한 덤불을 만들려고 말이지. 여기에서 평화롭
게 지내고 싶은가 본데."

무민이 말했다.

"하지만 엄마한테는 뭐라고 말하지?"

투티키는 어깨를 으쓱하고 말했다.

"그거야 뭐. 네가 풀어 줬잖아. 아무튼 이 트롤은 아무 것도 먹지 않아. 너한테도 트롤한테도 잘된 일이지. 그냥 재미있는 일이라고 생각해 봐."

무민은 고개를 끄덕였다.

그러고는 잠시 생각에 잠겼다. 무민은 낡은 가구, 빈 상자, 고기 잡는 그물, 종이 두루마리, 오래된 바구니 그리고 정원용 도구가 산처럼 쌓인 밀림 속으로 기어 들어가 보았다. 무민은 그 안이 아주 아늑하다는 사실을 금세 깨달았다.

무민은 부서진 흔들의자 밑에 나무를 깎아 낸 부스러기가 들어 있는 바구니 속에서 자기로 했다.

사실 무민은 휑한 창문이 보이는 어슴푸레한 거실을 아늑하다고 생각한 적이 없었다. 게다가 잠든 가족들 때문에 울적하기까지 했다.

하지만 이동식 서랍, 흔들의자 그리고 소파 등받이에 둘러싸인 좁은 구석은 안전한 둥지 같았고, 전혀 외롭지 않고 오히려 푸근했다.

어두운 난로 입구 안쪽으로 그림자가 조금 보이자, 무민은 앤시스터를 방해하지 않으려고 최대한 조용히 틈새를 막았다.

밤이 되자 무민은 등을 들고 구석으로 들어가 편안하

게 드러누운 채 앤시스터가 난로 안에서 바스락거리는 소리를 들었다.

무민은 벅차오르는 마음으로 생각했다.

'나도 천 년 전에 살았다면 저랬겠지.'

잠시 무민은 굴뚝에 대고 소리쳐 볼까 고민했다. 남모르게 단둘만 이해할 수 있는 어떤 말을 하고 싶었다. 하지만 무민은 아무 말도 하지 않은 채 불을 끄고 나무 부스러기 속으로 몸을 깊이 웅크렸다.

제5장

외로운 손님들

날마다 태양은 조금씩 더 높이 떠올랐다. 마침내 아주 높이까지 떠오른 태양이 골짜기에 부드러운 빛줄기를 던지기 시작했다. 정말 중요한 날이었다. 저녁때는 무민의 집에 낯선 손님이 찾아오기까지 했으니 더할 나위 없이 중요한 날이라고 할 수 있었다.

낯선 손님은 낡은 양털 모자를 눈을 가릴 정도로 푹 눌러쓴 작고 비쩍 마른 개였다. 이름은 수르쿠였고, 멀리 떨어진 골짜기에는 음식이 동나 버렸다고 했다. 얼음 여왕이 다녀간 뒤로 그 골짜기에서는 먹을 만한 것을 찾기가 더

어려워졌다. 어떤 헤물렌은 절망적인 심정으로 그동안 수집해 온 딱정벌레를 먹었다는 이야기도 있었지만, 그냥 소문일 뿐이었다. 헤물렌이라면 틀림없이 다른 동료의 수집품을 먹었을 터였다. 어쨌든 그 골짜기에 살던 이들이 무민 골짜기로 많이 떠나왔다.

누군가는 무민 골짜기에 마가목 열매와 잼이 가득한 저장고가 있다고 했다. 하지만 저장고 이야기 또한 소문일 뿐일지도 몰랐다…….

수르쿠는 눈 위에 깡마른 꼬리를 깔고 앉아 얼굴을 찌푸리고 있었다.

투티키가 말했다.

"우리는 생선 수프를 먹고 살아. 잼 저장고 이야기는 한 번도 들어 본 적 없어."

무민이 장작 창고 뒤에 있는 둥그런 눈 더미를 힐끗 돌아보았다.

미이가 말했다.

"저기 있어! 저 안에는 잼이 정말 토할 만큼 많이 있고, 통마다 언제 만들었는지도 적혀 있고 뚜껑에 빨간 끈도 달려 있지!"

얼굴이 새빨개진 무민이 말했다.

"말하자면 우리 가족들이 자는 동안 내가 재산을 지키

고 있는 셈이야.”

수르쿠가 애써 속마음을 감추며 중얼거렸다.

“그래야겠지.”

무민은 베란다를 힐끗 본 다음, 수르쿠의 잔뜩 찌푸린 얼굴을 보았다.

무민이 짜증 섞인 목소리로 물었다.

“잼 좋아해?”

수르쿠가 말했다.

“글쎄.”

무민이 한숨을 내쉬며 말했다.

“좋을 대로 해. 하지만 가장 오래된 통부터 먹어야 한다는 점만 명심해.”

몇 시간 뒤, 작은 벌레 한 무리가 다리를 건너왔고 필리용크 하나가 안절부절못하고 정원을 정신없이 이리저리 뛰어다니며 투덜대고 있었다. 필리용크가 기르던 식물이 얼어 죽어 버렸기 때문이었다. 게다가 음식은 누가 몽땅 먹어치워 버렸다. 심지어 무민 골짜기로 오는 길에는 무례하지 그지없는 개프지와 마주쳐 한두 번 겪는 겨울도 아닌데 제때 준비도 하지 않고 뭘 했느냐는 이야기까지 들었다.

어둑어둑해질 때쯤, 골짜기는 잼 저장고로 향하는 발길로 가득 찼다. 아직 걸을 기운이 남은 이들은 탈의실에서 지내려고 바닷가까지 갔다.

하지만 동굴로는 아무도 갈 수 없었다.

미이가 밈블을 방해하면 절대로 안 된다고 으름장을 놓았기 때문이었다.

무민 가족의 집 앞에는 가장 불쌍한 이들이 신세를 한탄하며 주저앉아 있었다.

무민은 등잔을 손에 들고 지붕 출입구로 나가 불쌍한 이들을 비추었다.

무민이 말했다.

"밤이니까 안으로 들어오세요. 그로크 같은 녀석들이 주위에서 어슬렁거릴지도 몰라요."

늙은 홈퍼 하나가 말했다.

"줄사다리 따위는 탈 수 없어."

그래서 무민은 눈을 파헤치며 현관문을 찾기 시작했다. 쉴 새 없이 파내고 긁어내고 걷어내며 눈을 치웠다. 눈 속을 뚫고 들어간 무민이 집 쪽으로 길고 좁다란 굴을 만들었지만 집에 이르렀을 때, 그 자리에 문은 없었다. 꽁꽁 얼어붙은 창문뿐이었다.

무민이 혼잣말했다.

"내가 잘못 팠네. 새 굴을 만들어도 영영 문을 찾지 못할지도 몰라."

그래서 무민은 최대한 조심스럽게 유리창을 깼고, 손님들이 안으로 기어 들어갔다.

무민이 말했다.

"가족들은 깨우면 안 돼요. 이쪽에는 엄마랑 아빠가 자고 있고, 저쪽에는 스노크메이든이 있어요. 앤시스터는 타일 난로에서 자요. 다른 건 다 빌려 줘서 남은 게 없으니까 카펫이라도 덮으세요."

손님들은 잠든 가족에게 고개 숙여 인사했다. 그러고는 얌전히 카펫과 식탁보를 덮었고, 아주 작은 손님들은 모자나 실내화 속에 파고들어 잠들었다.

코감기에 걸린 손님이 많았고, 몇몇은 향수병에 시달렸다.

무민이 생각했다.

'너무 끔찍해. 조금 있으면 잼 저장고가 텅 비어 버리겠어. 봄이 와서 가족들이 일어났을 때 그림은 위아래가 뒤집혀 거꾸로 걸려 있고, 집 안에는 낯선 이들이 가득하면 뭐라고 말하지?'

무민은 혹시 누굴 빠뜨리지는 않았는지 살펴보려고 굴 속을 기어 나갔다.

달빛은 새파랬고, 수르쿠는 눈 위에 혼자 앉아 울고 있었다. 고개를 젖히고 음울한 소리로 길게 울부짖었다.

무민이 물었다.

"왜 자러 들어가지 않았어?"

수르쿠는 달빛을 받아 파래진 눈을 돌려 무민을 바라보았다. 수르쿠의 한쪽 귀는 똑바로 서 있었고, 다른 쪽 귀는 무슨 소리를 들으려는 듯 옆으로 누워 있었다. 수르쿠는 온몸으로 귀 기울이고 있었다.

어디에선가 늑대 울부짖는 소리가 아주 희미하게 들려왔다. 수르쿠는 울적한 표정으로 고개를 끄덕이더니 모자를 다시 눌러썼다.

수르쿠가 속삭였다.

"커다랗고 힘센 내 형제들이야. 내가 형제들을 얼마나 그리워하는지 너라도 알아주면 좋겠어."

무민이 물었다.

"늑대가 무섭지 않아?"

수르쿠가 말했다.

"무서워. 그래서 너무 슬퍼."

그러더니 길에 난 발자국을 따라 탈의실로 횡하니 돌아가 버렸다.

무민은 다시 굴속을 기어가 거실로 돌아갔다.

작은 손님 하나가 거울을 보고 놀라 해포석으로 만든 전차에 앉아 흐느껴 울고 있었다.

작은 손님 말고는 모두 조용했다.

무민은 생각했다.

'누구나 힘든 일은 하나씩 있게 마련인가 봐. 잼 일도 어쨌든 그렇게 끔찍하지만은 않을지 몰라. 일요일마다 먹을 통은 숨겨 놓을 수도 있어. 딸기잼으로. 당분간은 괜찮을지도 모르지.'

태양이 떠올랐을 때, 맑은 나팔 소리가 귀청이 터져라

울리는 통에 온 골짜기가 잠에서 깼다. 동굴에 있던 미이는 벌떡 일어나 박자에 맞춰 발을 굴렀다. 투티키는 귀를 쫑긋 세웠고, 수르쿠는 꼬리를 다리 사이로 말아 넣고 긴 의자 밑으로 들어갔다.

앤시스터는 화를 내며 환기구 철판을 덜컹거렸고, 손님들 여럿이 자리에서 일어섰다.

창문으로 달려간 무민은 눈 속에 뚫어 놓은 굴을 기어서 밖으로 나갔다.

무민은 겨울 태양이 비추는 옅은 햇빛 속에서 커다란 헤물렌 하나가 비탈을 미끄러져 내려오는 모습을 보았다. 헤물렌은 번쩍이는 놋쇠 나팔을 불고 있었고, 기분이 아

주 좋아 보였다.

무민이 생각했다.

'저 헤물렌은 잼을 엄청나게 먹겠는걸.(그런데 발에 신은 저건 뭐지?)'

헤물렌은 나팔을 장작 창고 지붕에 얹어 놓고 신고 있던 스키를 벗었다.

헤물렌이 말했다.

"이 동네 산은 스키 타기 좋군. 혹시 여기에 슬랄롬*도 있어?"

무민이 말했다.

"한번 물어볼게."

무민은 거실로 다시 기어가서 물었다.

"혹시 여기에 슬랄롬이 있어요?"

거울을 보고 놀랐던 그 손님이 속삭였다.

"내 이름이 살로메야."

무민이 나가서 헤물렌에게 말했다.

"이름이 거의 비슷한 손님은 있어. 살로메래."

하지만 헤물렌은 무민의 말은 제대로 들으려고도 하지 않고 코를 킁킁거리며 무민파파의 담배밭 냄새를 맡아 보

* **슬랄롬**(slalom)_ 스키에서 장애물을 피해 달리는 회전 활강 기술 또는 그러한 경기.—옮긴이

앗다.

헤물렌이 말했다.

"집터로 제격이군. 여기에 얼음집을 만들어야겠어."

무민이 머뭇거리며 말했다.

"우리 집에서 머물러도 돼."

헤물렌이 대답했다.

"고맙지만 사양할게. 건강에도 해롭고 숨 막히거든. 어디에서든 신선한 공기를 쐬는 편이 좋아. 시간 없으니 당장 시작해야겠네."

집 밖으로 하나둘 나온 무민의 손님들이 헤물렌을 지켜보고 서 있었다.

작은 벌레 살로메가 물었다.

"연주를 좀 더 해 주지 않을래?"

헤물렌이 쾌활하게 말했다.

"모든 일에는 때가 있는 법이지. 지금은 일할 때야."

잠시 뒤, 손님들 모두 무민파파의 담배밭에서 얼음집을 만들고 있었다. 하지만 헤물렌은 강물에 뛰어들어 수영을 하고 있었고, 작은 생명들 몇몇은 추위에 덜덜 떨면서도 헤물렌을 구경하러 몰려들었다.

무민은 서둘러 탈의실로 달려갔다.

무민이 소리쳤다.

"투티키! 어떤 헤물렌이 왔는데…… 얼음집에서 살겠다더니 지금은 강에서 수영을 하고 있어!"

투티키가 심각하게 말했다.

"아, 그 헤물렌 말이구나. 그러면 이제 평화는 끝났다고 봐야겠군."

투티키는 곧장 낚싯대를 내려놓고는 무민과 함께 길을 나섰다.

무민의 집으로 가는 길에 무민과 투티키는 신이 나서 어쩔 줄 몰라 하는 미이를 만났다.

미이가 소리쳤다.

"헤물렌이 뭘 신고 있었는지 봤어? 그걸 스키라고 한대! 나도 지금 당장 똑같은 걸 구하려고!"

헤물렌의 집이 조금씩 형태를 갖추어 갔다. 손님들은

모두 있는 힘껏 도왔지만 잼 저장고 쪽을 자꾸만 돌아보며 아쉬운 눈길을 보냈다. 헤물렌은 강가에서 체조를 하고 있었다.

헤물렌이 소리쳤다.

"추우니까 진짜 멋지지 않아? 나는 겨울만 되면 몸이 훨씬 가뿐해져. 너희도 밥 먹기 전에 강에 한번 들어갔다 나오지그래?"

무민은 검은색과 레몬빛 노란색 줄무늬가 톱니 모양으로 나 있는 헤물렌의 화려한 스웨터를 물끄러미 바라보았다. 그러면서 왜 헤물렌이 매력적이라는 생각이 들지 않는지 궁금해졌다. 무민은 늘 여기에 비밀스럽지 않고 거리감도 없고 재미있고 꾸밈없는, 딱 헤물렌 같은 누군가가 있었으면 했다.

그런데 이제 무민은 싱크대 밑에 살고 있는 성질 고약

하고 이해할 수도 없는 그 동물보다 헤물렌이 더 낯설게 느껴졌다.

맥이 풀린 무민은 투티키를 바라보았다. 투티키는 부루 퉁하게 아랫입술을 내민 채 손에 낀 벙어리장갑을 내려다 보고 있었다. 무민은 그제야 투티키도 헤물렌을 좋아하지 않는다는 사실을 깨달았다. 무민은 괜히 마음에 걸려 헤물렌 쪽으로 돌아서서 다정하게 말했다.

"찬물을 좋아하다니 대단해."

헤물렌이 환한 얼굴로 말했다.

"찬물에 들어가 있으면 얼마나 상쾌한지 몰라. 쓸데없 는 생각이나 느낌이 깡그리 날아가 버린다니까. 내 말대 로 한번 해 봐. 집 안에만 틀어박혀 있는 것만큼 위험한 게 없어."

무민이 말했다.

"그래?"

헤물렌이 설명했다.

"그렇다니까. 집 안에 틀어박혀 있으면 자꾸 딴생각을 하게 돼. 그나저나 밥은 언제 먹어?"

투티키가 퉁명스럽게 말했다.

"내가 물고기를 잡으면."

그러자 헤물렌이 말했다.

"나는 생선은 먹지 않아. 채소랑 베리만 먹지."

무민이 기대에 차서 물었다.

"크랜베리 잼은 어때?"

크랜베리가 잔뜩 든 커다란 단지만 아무도 손을 대지 않았기 때문이었다.

하지만 헤물렌이 대답했다.

"됐어. 차라리 딸기가 낫지."

밥을 먹은 다음, 헤물렌은 스키를 신고 동굴 위 바위를 지나 골짜기에서 가장 경사진 높은 산꼭대기까지 올라갔다. 손님들은 모두 무슨 생각을 해야 좋을지도 모르는 채로 밑에서 지켜보며 서 있었다.

손님들은 동동거리며 눈을 밟아 댔고 가끔 얼굴을 비비기도 했는데, 날이 꽤 추웠기 때문이었다.

이제 헤물렌이 내려오기 시작했다. 정말 끔찍한 모습이었다. 산 중턱에 다다르자 헤물렌은 눈을 튀기며 몸을 틀어 다른 방향으로 내려오기 시작했다. 그러고는 소리를 지르며 다시 몸을 틀었다. 헤물렌이 까맣고 노란 스웨터를 입고 이쪽저쪽 왔다 갔다 하며 내려오는 모습을 바라보고 있자니 눈이 아플 지경이었다.

무민은 눈을 감고 생각했다.

'다들 정말 가지각색이야.'

미이가 산꼭대기에 서서 신이 나서 어쩔 줄 몰라 하며 소리 지르고 있었다. 미이는 부순 참나무통에서 나무판 두 개를 가져다 신발 바닥에 붙였다.

미이가 소리쳤다.

"이제 간다!"

미이는 아무 망설임 없이 곧장 산 아래로 쌩하니 내달리기 시작했다. 무민은 미이라면 틀림없이 성공할 거라고 생각하며 실눈을 뜨고 지켜보았다. 미이의 작고 성난 얼굴은 기쁘면서도 단호한 표정이었고 다리는 나무 막대기처럼 단단히 내뻗고 있었다.

무민은 미이가 자랑스러웠다. 미이는 앞뒤 재지 않고 내려오고 있었는데, 우뚝 선 소나무의 바로 코앞까지 미끄러졌을 때 무민은 숨이 턱 막히는 듯했지만 미이는 금세 다시 균형을 잡았고 산 아래에 도착해서는 깔깔대고 웃으며 눈 위에 털썩 주저앉았다.

무민이 필리용크에게 설명했다.

"미이는 내 오래된 친구야."

필리용크가 뾰로통하게 말했다.

"그렇겠지. 커피는 언제 줘?"

헤물렌이 성큼성큼 무민에게 다가왔다. 스키를 벗은 헤

물렌은 다정하고 따뜻한 눈길로 무민을 바라보았다.

헤물렌이 말했다.

"무민, 이번에는 너한테 스키를 가르쳐 줄게."

무민이 뒷걸음질 치며 중얼거렸다.

"고맙기는 하지만 됐어."

무민은 얼른 투티키를 힐끗거렸다. 하지만 투티키는 이미 떠나고 없었는데, 수프에 넣을 물고기를 잡으러 갔을 터였다.

"무서워할 것 없어."

헤물렌이 이렇게 용기를 북돋우며 무민의 발에 스키를 신겨 주었다.

가여운 무민이 중얼거렸다.

"하지만 하고 싶지 않……."

미이가 눈을 치켜뜨며 무민을 쳐다보았다.

무민이 우울하게 말했다.

"휴우. 하지만 저렇게 높은 곳에서는 안 돼."

헤물렌이 말했다.

"아무렴. 비탈을 타고 다리까지만 내려가면 돼. 다리는 구부려. 몸은 앞으로 숙이고. 스키가 벌어지지 않게 조심해야 해. 등은 똑바로 펴고. 팔은 몸에 꼭 붙여. 내가 한 말 다 기억할 수 있겠지?"

무민이 대답했다.

"아니."

헤물렌이 무민의 등을 떠밀었고, 무민은 눈을 감은 채 미끄러져 내려가기 시작했다. 스키가 점점 벌어졌다. 그러더니 서로 엇갈려 스키폴과 뒤엉켜 버렸다. 무민은 그 위에 희한한 자세로 고꾸라졌다.

손님들이 웃음을 터뜨렸다.

헤물렌이 말했다.

"끈기가 있어야지. 다시 해 보자, 꼬마 친구. 한 번 더 해 보자고."

무민이 중얼거렸다.

"다리가 후들거려."

이건 혼자 남겨진 겨울보다도 심했다. 심지어 무민이 그

토록 지독히도 그리워했던 태양까지 골짜기를 내리비추며 창피당하는 무민을 지켜보고 있었다.

이번에는 비탈 아래 다리가 무민을 향해 돌진했다. 무민은 균형을 잡으려고 한쪽 다리를 공중으로 내뻗었다. 다른 쪽 다리는 미끄러져 내려갔다. 손님들은 환호성을 내지르며 이제 다시 사는 재미가 느껴진다고 생각했다.

무민은 어느 쪽이 위이고, 어느 쪽이 아래인지도 분간할 수가 없었다. 온통 눈과 고난과 재앙뿐이었다.

마침내 무민은 강가에 우거진 버드나무 나뭇가지에 매달려 꼬리를 차디찬 강물에 빠뜨린 채 스키와 스키폴과 낯설고 차디찬 세상을 바라보았다.

헤물렌이 다정하게 말했다.

"용기를 잃지 마. 한 번 더 해 보자!"

하지만 용기를 잃은 무민에게 한 번 더는 없었다. 무민은 완전히 용기를 잃었지만, 오랜 시간이 흐른 뒤에도 가끔 승리의 세 번째 도전을 했다면 과연 어땠을까 하는 상상을 하곤 했다. 그랬다면 무민은 눈 위에 아름다운 곡선을 그리며 다리까지 내려가 씩 웃으며 고개를 돌렸을지도 몰랐다. 그러면 다들 감탄해서 소리를 질렀을 터였다. 하지만 그렇게 되지는 않았다.

그 대신, 무민이 말했다.

"집에 가야겠어. 다들 실컷 타. 나는 갈 테니까."

그러고는 아무에게도 눈길을 돌리지 않고 굴과 따뜻한 거실을 지나 흔들의자 아래 잠자리로 돌아갔다.

언덕에서 내지르는 헤물렌의 시끄러운 목소리가 집 안까지 새어들었다. 무민은 타일 난로에 머리를 집어넣고 속삭였다.

"나도 헤물렌이 싫어요."

앤시스터가 그을음을 슬쩍 떨어뜨렸는데, 안쓰러운 무민을 달래 주려는 뜻일 터였다. 무민은 숯덩이 하나를 집어 들어서는 거실 소파의 등받이에 차분히 그림을 그리기 시작했다. 눈 더미 위에 물구나무를 선 헤물렌을 그린 그림이었다. 타일 난로 안에는 커다란 딸기잼 단지가 들어 있었다.

그다음 주가 되자, 투티키는 빙판 밑에 꼼짝 않고 앉아 낚시를 했다. 위로는 초록빛 얼음 천장이 있었고, 옆으로는 손님들이 한 줄로 길게 쪼그려 앉아 낚시를 하고 있었다. 모두 헤물렌을 좋아하지 않는 손님들이었다. 헤물렌이 하는 운동을 신경 쓰지 않거나, 할 수 없거나 할 엄두가 나지 않는 이들이 하나둘 무민 가족의 집으로 모여들었다.

아침 일찍부터 헤물렌은 깨진 창문에 머리를 들이밀고 횃불을 비추어 댔다. 헤물렌은 횃불과 모닥불을 좋아했는데, 물론 누구나 좋아하지만, 헤물렌은 유독 엉뚱한 곳으로 가져오곤 했다.

아침이면 손님들은 오래도록 한가롭게 시간을 보냈는데, 저마다 밤에 어떤 꿈을 꾸었는지 이야기하며 무민이 부엌에서 커피를 준비하는 소리를 듣는 동안에는 한낮이 조금 천천히 와도 괜찮았다.

이 시간을 헤뮬렌이 헤집어 놓으며 방해했다. 공기가 퀴퀴하다는 말로 시작해서 밖이 얼마나 춥고 즐거운지 이야기하기 일쑤였다. 그뿐만 아니라 새날에 어떤 일을 할 수 있는지 모조리 늘어놓기까지 했다. 헤뮬렌은 손님들 모두 즐거운 시간을 보내게 해 주려고 갖은 방법을 다 쓰며 있는 힘껏 노력했지만, 누가 거절해도 상처받는 법이 없었다. 등을 다독이며 이렇게 말하기만 했다.

"그래, 그래. 내가 옳았다는 사실을 언젠가는 알게 되겠지."

헤뮬렌이 어딜 가든 그 뒤를 딱 한 명만 졸졸 따라다녔는데, 바로 미이였다. 헤뮬렌은 알고 있는 지식을 총동원해 미이에게 스키를 가르쳐 주었고, 제자의 빠른 발전 속도에 아주 만족스러워했다.

헤뮬렌이 말했다.

"꼬마 아가씨, 아가씨는 스키를 타려고 태어났군. 머잖아 나보다도 더 잘 타겠는걸!"

미이가 꾸밈없이 말했다.

"나도 그럴 생각이야."

하지만 미이는 충분히 배운 다음부터는 헤물렌은 눈곱만큼도 신경 쓰지 않았고, 아무도 모를 자기만의 산으로 사라져 버렸다.

어쨌든 손님들은 낚시를 하겠다고 빙판 밑으로 슬금슬금 모여들었고, 날이 갈수록 점점 늘어나더니 결국 스키를 타는 비탈에는 헤물렌의 노랗고 까만 스웨터만 남게 되었다.

손님들은 새롭고 힘든 어딘가로 끌려 다니고 싶어 하지 않았다.

그보다는 얼음 여왕이 오기 전, 그러니까 음식이 동나기 전에 어떻게 살았는지 이야기하며 앉아 있는 편이 더 재미있었다. 손님들은 저마다 자기 집에 가구를 어떻게 놓았고, 누구와 친척이고 누구와 친했으며, 큰 추위가 와서 온 세상이 변해 버렸을 때 얼마나 끔찍했는지 이야기를 늘어놓았다.

손님들은 화로 곁으로 옹기종기 모여들었고, 자기 차례가 올 때까지 다른 이들의 이야기를 들었다.

무민은 점점 혼자 남겨져 가는 헤물렌의 모습을 지켜보았다.

무민은 생각했다.

'헤물렌이 깨닫기 전에 떠나게 만들어야 해. 잼도 동나 버리면 안 되고.'

하지만 그럴싸하고 재치 있는 핑계를 찾기가 쉽지만은 않았다.

가끔 헤물렌은 스키를 타고 바다로 가서 탈의실에 틀어박혀 있는 수르쿠를 꾀어내려고 했다. 하지만 수르쿠는 개썰매는 물론이거니와 스키점프에도 전혀 관심이 없었다. 밤마다 밖에 나가 달을 향해 울부짖었기 때문에 낮이면 졸려서 자고 싶었다.

끝내 헤물렌은 폴까지 내려놓고 부탁해야만 했다.

"내가 개를 얼마나 좋아하는지 몰라. 언젠가는 나를 좋아해 줄 개가 생겼으면 좋겠다고 늘 생각해 왔어. 그런데 너는 왜 나랑 놀려고 하지 않아?"

수르쿠는 얼굴이 빨개져서 중얼거렸다.

"글쎄."

최대한 빨리 탈의실로 돌아간 수르쿠는 다시 늑대들과 함께하는 상상에 빠져들었다.

수르쿠는 늑대들과 놀고 싶었다. 늑대들과 어울려 사냥하고, 어디든 따라다니고, 늑대들이 하는 행동부터 이루고 싶은 소원까지 뭐든 따라 하고 싶었다. 그러면 수르쿠도 조금씩 변해서 끝내 길들여지지 않은 늑대처럼 자유로워질지 몰랐다.

탈의실 창문에 핀 얼음꽃이 달빛에 빛나는 밤마다 수르쿠는 가만히 서서 귀를 기울였다. 그리고 밤마다 털모자를 눌러쓰고 밖으로 살금살금 걸어 나갔다.

수르쿠는 늘 같은 길을 걸어갔는데, 바닷가와 비탈길을 비스듬히 가로질러 숲을 향해 남쪽으로 난 길이었다. 수르쿠는 숲이 드문드문해지고 외로운 산이 보일 만큼 멀리까지 갔다. 눈 쌓인 자리에 주저앉은 수르쿠는 늑대들의 울부짖음이 들릴 때까지 기다렸다. 늑대들은 아주 멀리 있기도, 가까이 있기도 했다. 하지만 어디에서건 밤이 오면 어김없이 울부짖었다.

늑대들이 울부짖는 소리가 들릴 때마다 수르쿠는 고개를 쳐들고 대답했다.

새벽녘이 되면 수르쿠는 다시 탈의실로 슬그머니 돌아와 벽장 속으로 자러 갔다.

한 번은 수르쿠와 마주친 투티키가 말했다.

"그래서는 절대 늑대들을 잊을 수 없어."

수르쿠가 대답했다.

"나는 잊고 싶지 않아. 그래서 나가는 거야."

희한한 일이지만, 모든 손님을 통틀어 가장 수줍음이 많은 작은 벌레 살로메가 헤뮬렌을 무척 좋아했다. 살로메는 늘 나팔로 연주하는 음악을 더 듣고 싶어 했다. 하지만 안타깝게도 헤뮬렌은 너무 커다란 데다 바쁘기까지 해서 살로메가 있는 줄도 몰랐다.

살로메가 아무리 서둘러도 헤뮬렌은 늘 스키를 타고 횡하니 떠나 버린 뒤였고, 몇 번은 겨우 제때 도착했지만 그때는 이미 연주를 마친 헤뮬렌이 다른 일을 하느라 바빴다.

살로메가 헤물렌에게 좋아하는 마음을 설명하려고 했던 적이 두 번쯤 있었다. 하지만 살로메는 수줍음을 너무 많이 타고 말주변이 없었고, 헤물렌은 남의 말을 잘 들어 주는 편이 못 됐다.

그래서 중요한 말은 꺼내지도 못했다.

어느 날 밤, 해포석으로 만든 전차의 뒤쪽 출입구에서 자리 잡고 잠들었던 살로메가 잠에서 깼다. 사실, 무민 가족이 수년 동안 전차 안에 던져 놓은 단추와 안전핀 때문에 잠자리가 편하지만은 않았다. 물론 살로메에게 단추와 안전핀을 치워 버릴 주변머리라고는 있을 리가 없었다.

살로메는 투티키와 무민이 흔들의자 밑에서 하는 이야

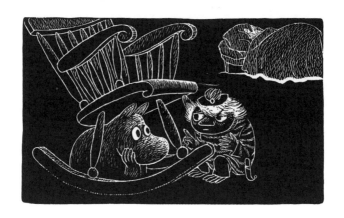

기를 듣자마자 자신이 사랑하는 헤물렌이 관련되어 있다는 사실을 알아차렸다.

어둠을 뚫고 투티키의 목소리가 들려왔다.

"이제 더는 안 돼. 우리는 평화를 되찾아야 해. 녀석이 와서 나팔을 불기 시작한 뒤로 음악가 뾰족뒤쥐는 플루트 연주를 하지 않고 있어. 보이지 않는 친구들도 거의 다 북쪽으로 떠나 버렸고. 손님들도 날마다 빙판 밑에 쪼그려 앉아 있으려면 불안하고 춥겠지. 게다가 수르쿠는 어두워질 때까지 벽장에 숨어 있기만 해. 누가 녀석에게 떠나라고 말해야 해."

무민이 중얼거렸다.

"나는 그럴 자신 없어. 우리가 자기를 좋아하는 줄 알고 있을 텐데."

투티키가 말했다.

"그러면 속여서 떠나게 하자. 외로운 산이 여기보다 훨씬 높아서 비탈도 가파르니까 스키 타기에 더 좋다고 말하면 되겠네."

무민이 나무라듯 말했다.

"하지만 외로운 산에는 스키 탈 만한 비탈이라곤 눈 씻고 찾아봐도 없어. 수렁은 깊고 바위는 날카로워서 눈조차 쌓이지 않는걸."

눈에 눈물이 그렁그렁 맺힌 살로메는 몸을 덜덜 떨었다. 투티키가 말했다.

"헤물렌은 어떤 상황에서도 살아남아. 게다가 우리가 좋아하지 않는다는 사실을 헤물렌이 알게 되면 좋겠어? 잘 생각해 봐."

무민이 불쌍한 목소리로 말했다.

"네가 말하면 안 될까?"

투티키가 말했다.

"헤물렌은 너희 집 정원에 살고 있는 네 손님이잖아. 자신감을 가져. 이 고비만 넘기면 모두 한결 기분이 나아질 테니까. 헤물렌도 말이지."

그러고는 조용해졌다. 투티키는 창문 밖으로 기어 나갔다.

작은 살로메는 잠들지 못한 채 누워 어둠을 가만히 바라보았다. 무민과 투티키가 헤물렌과 놋쇠 나팔을 내쫓아 버리려 하고 있었다.

무민과 투티키는 헤물렌이 낭떠러지 아래로 떨어지게 내버려 둘 요량이었다. 할 수 있는 일은 단 하나뿐이었다. 헤물렌에게 외로운 산이 위험하다는 사실을 알려 주어야 했다. 하지만 신중해야 했다. 모두 헤물렌을 멀리 떠나보내 버리고 싶어 한다는 사실을 알아차리고 슬퍼하지 않도록.

작은 살로메는 밤새 뜬눈으로 고민했다. 하지만 살로메의 작은 머리는 이런 중요한 일을 생각하는 데 익숙하지 않았고, 아침이 밝아 오자 쏟아지는 졸음을 이겨 내지 못하고 잠이 들어 버렸다. 살로메는 모닝커피는 물론이고 저녁 식사까지 거른 채 내내 잤지만 살로메가 빠진 줄은 아무도 몰랐다.

커피를 마신 다음, 무민은 스키 타는 비탈로 갔다.

헤물렌이 말했다.

"무민, 왔구나! 네가 오니까 신이 나는데! 위험하지 않은 아주 간단한 회전법 좀 배워 볼래?"

무민은 자기 처지가 끔찍하게 불행하다는 생각과 함께 입을 열었다.

"고맙긴 한데, 지금 말고. 이야기 좀 하러 왔어."

헤물렌이 말했다.

"그것도 괜찮지. 네가 별로 수다스럽지 않은 성격인 줄은 알아. 내가 다가갈라치면 입을 다물고 슬며시 자리를 떴잖아."

무민이 힐끗거리며 헤물렌을 바라보았지만, 헤물렌은 그저 흥미롭고 즐거워 보이기만 했다. 그래서 무민은 숨을 크게 쉬고는 말했다.

"있지, 외로운 산에 엄청나게 멋진 비탈이 있대."

헤물렌이 말했다.

"정말이야?"

무민은 불안한 마음으로 계속했다.

"그렇다니까! 어마어마하대! 오르락내리락하고 어마어마하게 높대!"

헤물렌이 말했다.

"외로운 산이 어떤지 알아보러 가야겠네. 하지만 거기는 아주 멀어. 내가 떠나면, 우리는 봄이 오기 전에는 다시 만날 수 없겠지. 그건 정말 안타까운 일인데, 그렇지?"

무민이 새빨개진 얼굴로 거짓말했다.

"맞아."

헤물렌은 생각에 잠겼다.

"하지만 어쩌겠어! 진짜 자연 속에서 살 수 있을 텐데! 저녁마다 모닥불을 피우고, 아침마다 새로운 산 정상을 정복하겠지! 협곡에서 스키를 타고 내려가면서 발길 한 번 닿은 적 없는 부드러운 눈밭이 사각거리는 소리를 들으면……."

헤물렌은 상상에 빠져들었다.

이윽고 고마워하며 말했다.

"내 스키 타기에 관심을 가져 주다니, 너는 정말 진정한 친구야."

무민은 헤뮬렌을 바라보았다. 더는 참을 수가 없었다. 무민이 소리쳤다.

"하지만 외로운 산은 정말 위험해!"

헤뮬렌이 말했다.

"나한테는 아니야. 걱정해 줘서 고맙지만, 나는 산을 사랑하거든."

무민이 소리쳤다.

"하지만 외로운 산에서는 스키를 탈 수가 없어! 깎아지른 비탈은 곧장 낭떠러지 아래로 이어지고, 얼마나 험한지 눈도 쌓이지 않아! 내가 착각했어! 이제 막 생각났는데, 외로운 산에서는 스키를 못 타!"

헤뮬렌이 깜짝 놀라 말했다.

"그게 정말이야?"

무민이 간절하게 말했다.

"정말이야. 그러니까 우리랑 같이 여기 있자. 나한테 스키도 가르쳐 주고……."

헤뮬렌이 말했다.

"흠, 네가 그렇게까지 말한다면야. 내가 가지 않길 바란다면 그렇게 할게."

헤뮬렌과 이야기를 끝낸 뒤, 마음이 너무 복잡해진 무민은 그대로 집으로 돌아갈 수가 없었다. 그 대신, 바닷가로 가서 오랫동안 걸었지만 탈의실은 멀찌감치 떨어져 빙 돌아갔다.

무민은 걸을수록 마음이 점점 더 가벼워졌다. 끝내는 기분이 너무 좋아진 나머지 바닷가를 따라 걸으며 휘파람을 불고 얼음 덩어리를 걷어차기까지 했다.

눈이 조금씩 내리기 시작했다. 새해가 된 다음 처음으로 내리는 눈이었고, 난생처음 눈 내리는 모습을 본 무민은 정말이지 깜짝 놀랐다.

눈송이가 자꾸만 무민의 따뜻한 얼굴에 내려앉았다가 녹아내렸다. 무민은 눈송이를 손바닥으로 받아 잠시 감탄하며 들여다보다가 고개를 들어 하늘에서 떨어져 내리는

눈송이를 쳐다보았는데, 눈송이는 점점 더 많아졌고 솜털보다도 부드럽고 가벼웠다.

무민이 마음속으로 중얼거렸다.

'눈이 이렇게 오는구나. 땅에서 자라는 줄 알았는데.'

날이 포근해졌다. 쏟아지는 눈 때문에 주위 아무것도 보이지 않았고, 무민은 여름에 바닷물을 헤치며 걸을 때마다 느꼈던 황홀한 기분이 떠올랐다. 무민은 목욕 가운을 벗어던지고 눈 더미에 풀썩 드러누웠다.

무민은 생각했다.

'겨울! 이제 겨울도 좋아!'

어스름해질 무렵, 작은 살로메는 너무 늦어 버렸다는 걱정과 함께 잠에서 깼다. 그리고 헤물렌이 떠올랐다.

살로메는 먼저 의자로, 그다음 바닥으로 폴짝폴짝 뛰어 서랍장을 내려갔다. 거실은 텅 비어 있었는데, 모두 탈의실에서 저녁을 먹고 있었기 때문이었다. 살로메는 창문으로 기어 올라간 다음, 쏟아질 듯한 눈물을 참으며 눈 속에 난 굴을 내달려 밖으로 나갔다.

바깥 하늘에는 달도 오로라도 없었다. 거센 눈보라가 몰아치며 얼굴이며 치마를 휘감는 통에 걷기 힘들었다. 살로메는 눈을 헤치고 더듬거리며 헤물렌의 얼음집을 찾아 안을 들여다보았다. 어둡고 적막하기만 했다.

그 순간 살로메는 이루 말할 수 없는 공포에 사로잡혔고, 얼음집에서 헤물렌을 기다리는 대신 눈보라 속으로 달려 나갔다.

살로메는 고래고래 소리치며 헤물렌을 불렀지만, 깃털 베개에 얼굴을 파묻고 소리치는 느낌이었다. 눈 깜짝할 사이에 눈이 살로메의 작은 발자국을 뒤덮어 버렸다.

저녁 무렵이 되자 눈이 그쳤다.

가벼운 커튼이 걷힌 듯 눈이 물러나자 바다 저 멀리까지 시야가 탁 트였고, 노을을 뒤덮은 검푸른 구름 더미가 보였다.

무민은 위협적인 폭풍이 몰려오는 모습을 바라보았다. 마치 가장 극적인 마지막 장면이 시작되는 연극의 막이 올

라가는 듯했다. 수평선까지 텅 빈 무대 바닥은 새하얗기만 했고, 어둠이 바닷가로 쏜살같이 밀려들고 있었다. 눈보라를 한 번도 겪어 본 적 없는 무민은 천둥이 다가오는 줄 알았다. 무민은 첫 천둥소리가 들려도 겁내지 않기로 굳게 마음먹었다.

하지만 천둥은 치지 않았다.

번개도 치지 않았다.

그 대신, 바닷가에서 조금 떨어진 바위섬의 새하얀 꼭대기에서 조그만 눈 소용돌이가 공중으로 솟구치며 일기 시작했다.

빙판 위에서 돌풍이 불안하게 이리저리 쌩하니 휘돌더니 바닷가 가장자리 숲 속으로 파고들어서는 속삭이기 시작했다. 검푸른 구름 더미는 점점 더 커졌고 바람은 점점 더 심해졌다.

갑자기 거대한 문이 활짝 열리기라도 한 듯 어둠이 입을 떡하니 벌렸고 세상이 온통 휘날리는 진눈깨비로 가득 찼다.

이제 눈은 위에서 아래로 내리지 않았고, 살아 있기라도 한 듯이 땅을 따라 휘몰아치고 울부짖으며 거세게 밀어붙였다.

무민은 균형을 잃고 나뒹굴었다. 귓속까지 눈으로 가득

차자 끔찍할 만큼 두려워졌다.

시간도 온 세상도 모두 사라져 버렸다.

보고 만질 수 있었던 세상 모든 것이 온데간데없이 날아
가 버리고, 축축한 어둠 속에서 춤추는 마법에 걸린 소용
돌이밖에 남지 않았다.

상식이 있는 누군가라면 이제 기나긴 봄이 시작된다고
말했을지도 몰랐다.

하지만 하필 그때 바닷가에는 그런 말을 해 줄 만한 이
가 없었고, 엉뚱한 쪽으로 가려고 바람에 맞서 기어가며

어쩔 줄 몰라 하는 무민뿐이었다.

무민이 기어가면 갈수록 거센 눈이 무민의 눈을 가리며 얼굴에 쌓여 갔다.

무민은 생각했다.

'내가 겨울을 이겨 낼 수 없다는 사실을 똑똑히 보여 주고 무릎 꿇리려고 이런 짓을 하는 게 틀림없어.'

겨울은 먼저 부드럽게 떠다니는 눈송이로 아름다운 커튼을 만들어 무민을 속인 다음, 아름다운 눈송이를 눈보라로 바꾸어 얼굴에 마구 내던진다. 그것도 무민이 막 겨울을 좋아하기 시작한 바로 그 순간에 말이다.

무민은 조금씩 화가 나기 시작했다.

벌떡 일어난 무민은 눈보라에 대고 고래고래 소리를 지르려고 했다. 하지만 아무도 무민의 목소리를 듣지 못한다는 사실을 깨닫고 발로 눈을 걷어차며 조용히 투덜거리기만 했다.

그러고 나자 무민은 기운이 빠졌다.

무민은 눈보라에서 등을 돌려 싸움을 끝냈다.

바로 그때 따뜻한 바람이 느껴졌다. 바람은 무민을 눈보라 한가운데로 가볍게 이끌고 갔고, 무민은 허공을 나는 듯했다.

무민이 온몸의 힘을 빼고 생각했다.

'나는 공기고, 바람이야. 나는 눈보라와 하나야. 지난여름에도 딱 이런 느낌이었어. 그때도 처음에는 파도에 맞서서 씨름하다가 몸을 돌렸더니 밀려드는 파도에 어우러져서 무지갯빛 물거품 속에서 코르크 마개처럼 둥둥 떠다니다가 조금 겁먹을 때쯤 바닷가 모래바닥에 딱 도착했지.'

무민은 두 팔을 벌리고 날았다.

신이 난 무민이 생각했다.

'어디 한번 마음껏 겁을 줘 봐. 이제 널 제대로 알게 됐으니까. 너한테 익숙해지기만 하면 돼. 너는 이제 날 못 속여.'

겨울은 무민이 눈 덮인 부잔교에 털썩 고꾸라져 탈의실 창문에 비치는 따뜻한 불빛을 바라보게 될 때까지 바닷가를 따라 멀리멀리 한참 동안이나 무민과 함께 어우러져 춤추며 나아갔다.

무민이 깜짝 놀라 혼잣말했다.

"어휴, 살았네. 신나는 일은 언제나 두려움이 가시고 재미가 붙을라치면 끝나 버린다니까."

문이 열리자 폭풍 속으로 따뜻한 공기가 훅 끼쳤고, 무민은 탈의실에 가득 들어찬 이들의 모습을 어렴풋이 보았다.

누군가 소리쳤다.

"저기 하나 왔어!"

무민이 눈을 닦아 내며 물었다.

"그럼 다른 하나는 누군데?"

투티키가 심각한 목소리로 말했다.

"살로메가 눈보라 속으로 사라졌어."

따끈한 주스 한 잔이 공중에서 미끄러지듯 무민의 앞으로 다가왔다.

무민이 보이지 않는 뾰족뒤쥐에게 말했다.

"고마워."

그러고는 말을 이었다.

"하지만 살로메는 집 밖을 나간 적이 없지 않아?"

나이 많은 훔퍼가 말했다.

"그래서 우리도 도통 영문을 모르겠구나. 아무튼 눈보라가 그치기 전에는 살로메를 찾으러 가지 않는 편이 좋겠다. 살로메가 어딘가에 있기는 하겠지만 눈에 파묻혀 버렸을 테니."

무민이 물었다.

"그럼 헤물렌은 어디 있어?"

투티키가 말했다.

"살로메를 찾아 나섰지."

그러더니 씩 웃으며 덧붙였다.

"무민, 네가 헤물렌한테 외로운 산 이야기를 해 줬나 보더라."

무민이 불쑥거렸다.

"그래서 뭐."

투티키가 더 크게 웃으며 말했다.

"설득을 제대로 했던걸. 헤물렌이 우리한테 외로운 산이 스키를 타기에는 별로라고 했어. 그러면서 우리가 자기를 그렇게나 좋아해 주다니 정말 너무 기쁘대."

무민이 입을 열었다.

"그러니까 내 말은……."

투티키가 말했다.

"그렇게 당황할 필요까지는 없어. 우리도 헤물렌이 좋아질 테니까."

헤물렌은 아주 미묘한 어감 차이는 물론이거니와 주위에서 자신을 어떻게 생각하는지조차 제대로 알아차리지 못했을지 모른다. 하지만 후각만큼은 수르쿠보다 예민했다. (게다가 수르쿠는 감상적인 생각에 깊이 빠져든 나머지 냄새를 맡을 정신도 없었다.)

헤물렌은 다락에서 낡은 테니스 라켓 두 개를 찾아 설피(雪皮)로 썼다. 그리고 세상에서 가장 작은 생명의 냄새를 맡으려고 고개를 땅에 처박은 채 눈보라를 헤치며 차분히 나아갔다.

얼음집에 도착한 헤물렌은 살로메의 냄새를 맡았다.

마음 따뜻해진 헤물렌이 생각했다.

'그 조그맣고 약해빠진 녀석이 나를 찾아 여기를 다녀갔나 봐. 왜 그랬을까…….'

갑자기 헤물렌의 머릿속에 작은 살로메가 자신에게 무언가 말하려다 수줍어하며 끝내 말하지 못했던 모습이 어렴풋이 스쳐 지나갔다.

헤물렌이 발을 끌며 눈보라를 헤치고 나아가는 동안, 머릿속에 여러 장면이 떠올랐다. 스키 타는 언덕에서 기다리고 있던 살로메…… 자신을 뒤쫓아 뛰어오던 살로메…… 놋쇠 나팔에 코를 대고 킁킁거리던 살로메…… 그러자 헤물렌은 화들짝 놀라 생각했다.

'내가 살로메한테 너무 쌀쌀맞게 굴었군!'

그렇지만 헤물렌은 죄책감을 느끼지는 않았는데, 헤물렌들은 죄책감을 느끼는 법이 없기 때문이다. 그 대신 살로메를 꼭 찾고야 말겠다고 다짐했다.

헤물렌은 냄새를 놓치지 않으려고 눈 위에 무릎을 꿇었다.

작은 동물들이 겁에 질려 정신이 없을 때 늘 그렇듯, 살로메는 눈밭을 이리저리 헤매고 다닌 듯했다. 한 번은 다리에도 갔는데, 위험천만하게 다리 가장자리를 서성이기까지 했다. 그다음 살로메의 흔적은 비탈을 오르다 사라져 버렸다.

헤물렌은 힘에 부쳐 잠시 생각에 잠겼다.

그런 다음, 눈을 파헤치기 시작했다. 헤물렌은 산을 온통 파헤치고 다녔다. 그리고 마침내 작고 따뜻한 무언가를 찾아냈다.

헤물렌이 말했다.

"무서워하지 마. 나야."

헤물렌은 살로메를 스웨터와 내복 사이에 밀어 넣고 일어서서 설피로 터벅거리며 걷기 시작했다.

사실, 이제 헤물렌의 머릿속에는 살로메 생각은 온데간데없이 사라져 버리고 따끈한 주스 생각으로 가득 차 있었다.

다음 날은 일요일이었고, 바람은 다시 고요하게 숨죽였다. 따뜻하고 흐린 날이었고 눈은 거의 턱 끝까지 닿을 만큼 쌓였다.

골짜기가 달의 표면처럼 우스꽝스러워 보였다. 눈 더미

는 거대하고 둥근 빵이나 칼날처럼 날카로운 가장자리가 예쁘게 굽이치는 산등성이가 되어 있었다. 나뭇가지는 온통 커다란 눈 모자를 썼다. 게다가 숲은 어느 독특한 제과업자가 창의적으로 만들어 낸 거대한 생크림 케이크처럼 보였다.

이번에는 약속이나 한 듯이 손님들이 모두 몰려나가 한바탕 눈싸움을 했다. 잼은 이제 거의 바닥을 드러냈지만, 그나마라도 먹으니 팔다리에 힘이 솟았다.

헤물렌은 장작 창고에 앉아 나팔을 불었고 작은 살로메는 그 옆에 앉아 행복해했다.

헤물렌은 가장 좋아하는 곡인 〈헤물렌들의 등장〉을 불었고 전에 없이 아름답고 화려한 선율로 끝맺었다. 그러고는 무민을 돌아보며 말했다.

"무민, 네가 슬퍼하지 않으면 좋겠어. 내가 외로운 산으로 떠나기로 마음먹었거든. 하지만 다음 겨울에는 스키 타는 법을 가르쳐 줄게."

무민이 걱정스러운 목소리로 말을 꺼냈다.

"하지만 내가 분명히 말했잖아."

헤물렌이 말을 끊었다.

"그래, 알아. 그때는 그랬지. 하지만 이번 눈보라 때문에 외로운 산이 정말 훌륭하게 변했어. 거기 공기가 얼마나 더 상쾌해졌을지 생각해 봐!"

무민은 투티키를 돌아보았다.

투티키는 고개를 끄덕였다. 헤물렌을 보내 줘야 한다는 뜻이었다. 두 말할 나위가 없었고 이제 모든 일이 알아서 정리될 터였다.

무민은 집으로 가서 타일 난로의 입구를 열었다. 먼저 무민은 가만가만 소리 내어 앤시스터를 불러 보았다. 그 소리는 부드럽게 들리는 신호였는데, 대강 표현해 보자면

이랬다.

"티우—우우, 티우—우우."

앤시스터는 대답이 없었다.

무민이 생각했다.

'그동안 내가 너무 소홀했나 봐. 하지만 지금 일어나고 있는 일은 천 년 전부터 일어났던 그 어떤 일보다도 훨씬 흥미로운데.'

무민은 커다란 딸기잼 단지를 난로 안에서 꺼냈다. 그런 다음 종이 뚜껑에 숯 조각으로 이렇게 썼다.

'소중한 친구 헤물렌에게.'

그날 저녁, 수르쿠는 쌓인 눈을 꼬박 한 시간 동안이나 힘겹게 헤치고 나아간 끝에 슬픔으로 가득 찬 구덩이에 도착했다. 수르쿠가 그리움을 품고 앉아 있을 때마다 구덩이는 조금씩 깊어졌고, 지금은 눈 더미 저 밑까지 깊숙이 패어 있었다.

눈으로 뒤덮인 외로운 산이 수르쿠의 눈앞에 새하얗게 솟아 있었다. 달조차 뜨지 않은 밤이었지만, 촉촉한 공기 속에서 별들은 전에 없이 밝게 빛났다. 저 멀리 어딘가에서 우르르 눈사태가 일어났다. 수르쿠는 늑대들을 기다리며 자리를 지켰다.

그날 밤, 수르쿠는 오래도록 기다렸다.

수르쿠는 커다란 잿빛 늑대들이 눈밭을 맹렬하게 내달리다 숲가에서 울부짖는 자신의 목소리를 듣고 갑자기 멈추는 모습을 상상했다.

늑대들은 이렇게 생각할지도 몰랐다.

'저 멀리 어딘가에 우리 형제가 있어. 친해져야 할 사촌이지······.'

이렇게 생각하니 수르쿠는 가슴이 벅차올라 점점 더 용감하게 상상의 나래를 펼쳤다. 수르쿠는 자리를 지키고 앉아 꿈을 키우며 기다렸다. 멀리 산등성이에 늑대 무리가 나타났다.

'늑대들이 나를 향해 달려오겠지…… 꼬리를 흔들면서…….'

그 순간 수르쿠는 진짜 늑대가 꼬리를 흔들지 않는다는 사실이 떠올랐다.

'아무렴 어때. 어쨌거나 늑대들이 가까이 다가오기만 하면 나를 알아볼 수 있을 텐데……. 내가 늑대들과 함께하게 되면…….'

위험천만한 꿈이 외로운 개의 마음을 사로잡았다. 수르쿠는 별들 쪽으로 고개를 들고 울부짖었다.

그러자 늑대들이 대답했다.

늑대들이 너무 가까이 있어서 수르쿠는 겁을 집어먹고 말았다. 눈 속으로 깊이 파고들며 숨어 보려 했지만 아무 소용이 없었다. 수르쿠의 주위에서 눈동자가 반짝이며 빛나고 있었다.

이제 늑대들은 조용해졌다. 수르쿠를 둘러싸고 모여 있었고, 점점 가까이 다가왔다.

수르쿠가 꼬리를 흔들며 낑낑거렸지만, 아무 대답도 돌

아오지 않았다. 수르쿠는 늑대들과 놀고 싶을 뿐, 나쁜 뜻
은 전혀 없다는 표시로 털모자를 벗어서 공중으로 높이
던졌다.

하지만 늑대들은 모자에는 눈길 한번 주지 않았다. 그
순간, 수르쿠는 자신이 그동안 착각하고 있었다는 사실을
깨달았다. 수르쿠와 늑대는 형제도 아니고 재미있게 놀 수
도 없었다.

늑대들은 수르쿠를 잡아먹을 생각뿐이었고, 수르쿠에
게 바보 같았던 지난날을 후회할 시간이라도 남아 있다
면 다행이었다.

수르쿠는 흔들어 대던 꼬리를 맥없이 늘어뜨리고 생각
에 잠겨 안타까워했다.

'여기 이 차디찬 눈 속에 앉아 미친 듯이 그리워하는 대신 밤마다 잠이라도 잘 걸⋯⋯.'

늑대들이 더 가까이 다가왔다.

그때 맑은 나팔 소리가 숲에 울려 퍼졌다. 시끌벅적하게 울리는 놋쇠 음악 소리에 나무 위에 쌓여 있던 눈이 후두 두 떨어져 내렸고, 노란 눈빛이 깜박거렸다. 위험은 순식 간에 온데간데없이 사라져 버렸고, 털모자 옆에 수르쿠만 덩그러니 앉아 있었다. 헤물렌이 널찍한 설피로 터벅터벅 비탈을 걸어 올라왔다.

헤물렌의 배낭 속에는 살로메가 음악을 들으며 따뜻하고도 나른하게 누워 있었다.

헤물렌이 말했다.

"꼬맹아, 여기 앉아 있었구나? 오래 기다렸지?"

수르쿠가 말했다.

"아니."

헤물렌이 쾌활하게 말했다.

"조금만 더 가면 얼어붙어서 발이 빠지지 않는 눈밭이 나와. 외로운 산에 도착하면 보온병에 담아 온 따뜻한 우유도 줄게."

그러더니 헤물렌은 주위도 둘러보지 않고 서둘러 걸음을 옮겼다.

수르쿠가 그 뒤를 따라 걸었다. 수르쿠는 그제야 자기에게 딱 맞는 자리를 찾은 듯했다.

제6장

첫 번째 봄

첫 번째 봄 폭풍이 지나간 뒤, 골짜기가 뒤숭숭해졌다. 손님들은 그 어느 때보다 집으로 돌아가고 싶어 했다. 걷기 좋게 눈이 얼어붙는 밤이면 하나둘씩 떠나기 시작했다. 몇몇은 직접 만든 스키를 타고 갔고, 손님들은 모두 못 해도 작은 잼 한 통씩은 가져갔다. 마지막까지 남은 이들은 크랜베리 단지를 나누어 가졌다.

마지막 손님까지 다리를 건너 떠나고 나자, 잼 저장고가 텅텅 비었다.

투티키가 말했다.

"이제 우리만 남았네. 너랑 나 그리고 미이. 다른 비밀스러운 녀석들은 어딘가에 숨어들어서 다음 겨울을 기다리겠지."

무민이 말했다.

"은색 뿔이 달린 녀석도 못 봤는데. 기다란 뒷다리로 빙판을 가로지르면서 내달리던 작은 녀석들도. 눈이 엄청 커다랗고 모닥불 위를 펄럭거리면서 날아다니던 새까만 녀석도 못 봤고."

투티키가 말했다.

"녀석들은 겨울에만 나타나. 지금 봄이 성큼성큼 다가오고 있는데, 못 느끼겠어?"

무민은 고개를 내저었다.

그러고는 말했다.

"너무 일러. 아직 아무것도 못 느끼겠어."

하지만 투티키는 빨간 모자를 벗어서 안팎을 뒤집었고, 모자가 옅은 파란색으로 바뀌었다.

투티키가 말했다.

"나는 봄기운이 코를 간지럽힐 때가 되면 항상 이렇게 하지."

그러더니 우물 덮개에 올라앉아 노래를 불렀다.

나는 투티키라네

모자를 뒤집어썼지!

나는 투티키라네

코를 간질이는 따뜻한 바람을 느끼지

지금 커다란 폭풍이 다가와

지금 우르르 눈사태가 나

지금 지구는 빙빙 돌아

그래서 온 세상이 변하지

모두 내복을 벗어던져

옷장에 집어넣는다네

어느 저녁에 무민은 탈의실에서 집으로 돌아가다가 길 한가운데에 우뚝 멈추어 서더니 가만히 귀를 기울여 보았다.

날은 흐렸고, 따뜻한 밤은 움직이는 소리로 가득 차 있었다. 나무들은 이미 오래전에 눈을 털어 버린 뒤였지만, 어둠 속에서 여전히 가지를 흔들고 있었다.

저 멀리 남쪽에서 거센 바람이 훅 밀려들었다. 무민은 바람이 숲 속을 횡하니 돌아 자신을 지나쳐 맞은편 비탈로 가는 모습을 지켜보았다.

나무에서 물방울이 후드득 떨어져 내리며 녹지 않은 눈

을 어둡게 물들이고 있었고, 무민은 고개를 들어 킁킁거리며 냄새를 맡아 보았다.

흙냄새 같았다. 무민은 걸음을 옮기며 투티키가 옳았다고 생각했다. 정말 봄이 오고 있었다.

오랜만에 무민은 잠든 아빠와 엄마를 유심히 들여다보았다. 등을 높이 들어 생각에 잠긴 듯한 스노크메이든도 지그시 바라보았다. 스노크메이든의 앞머리가 불빛에 반짝이자 무척 귀여워 보였다. 스노크메이든은 일어나자마자 초록색 모자를 가지러 서둘러 옷장으로 갈 터였다. 늘 그랬다.

무민은 타일 난로 옆에 등을 내려놓고 거실을 둘러보았다. 너무 처참했다. 거실에 있던 물건들은 대부분 그냥 주거나 빌려 줬고, 한두 가지는 어떤 생각 없는 손님이 말도 없이 가져가 버렸다.

이루 말할 수 없는 아수라장이었다. 부엌은 씻지 않은 그릇으로 가득했다. 토탄이 동나서 보일러의 불은 꺼질락 말락 했다. 잼 저장고는 텅텅 비었다. 심지어 유리창까지 깨뜨려 버렸다.

무민은 생각에 잠겼다. 그때 지붕에서 녹은 눈이 쿵하며 떨어지는 소리가 들렸다. 갑자기 남쪽 창문 위쪽 한 귀퉁이로 흐린 밤하늘이 살짝 모습을 드러냈다.

무민은 얼른 현관문을 살펴보았다. 문이 조금이라도 열리지 않을까 싶었다. 그래서 무민은 두 다리를 바닥에 단단히 딛고 서서 온 힘을 다해 문을 밀었다.

천천히 조금씩 문 앞에 쌓인 눈 무더기가 밀리며 현관문이 열렸다.

무민은 문이 밤을 향해 활짝 열릴 때까지 계속 문을 밀었다.

이제 바람이 거실로 곧장 불어들었다. 바람은 크리스털 샹들리에에 덮인 틀에서 먼지를 불어 냈고, 타일 난로의 잿더미 속에서 횡하고 한 바퀴 돌았다. 그러고는 벽에 붙은 스티커를 슬쩍 들추었다. 그 바람에 스티커 하나가 떨어져서 밖으로 날아갔다.

집 안에 밤과 침엽수림의 냄새가 들어차자, 무민은 생각했다.

'나쁘지 않은걸. 가족들도 가끔은 바람을 쐬어야지.'

무민은 계단 쪽으로 나가 흠뻑 젖은 어둠 속을 바라보았다.

무민이 혼잣말했다.

"이제 나는 다 가졌어. 한 해를 온전히 가졌다고. 겨울까지 몽땅 다. 나는 한 해를 모두 겪어 낸 첫 번째 무민이야."

사실, 겨울 이야기는 이쯤에서 끝나도 괜찮다. 이 첫 봄 밤과 거실에 불어든 바람만으로도 그럴싸한 결말을 내기에는 충분하고, 그러면 모두 이야기가 어떻게 이어질지 상상할 자유를 누릴 수 있으리라. 하지만 이대로 끝낸다면 눈가림밖에 되지 않는다.

그러면 잠에서 깬 무민마마가 무슨 말을 했는지 영영 알 수 없다. 앤시스터가 타일 난로 속에서 계속 살게 되었는지도 알 수 없다. 스너프킨이 책이 끝나 버리기 전에 돌아올 수 있었는지도. 또 밈블이 판지 상자 없이 어떻게 추위를 견뎌 냈는지도. 투티키가 탈의실이 다시 진짜 탈의실이 된 뒤에 어디에서 살게 되었는지도. 그리고 또 어떤 일이 일어났는지 아무것도 알 수가 없다.

그러니 이야기는 계속되어야 한다.

특히 얼음이 녹아내리는 이야기가 가장 중요한데, 그냥 넘어가기에는 너무도 극적이기 때문이다.

화창한 나날, 처마에서 떨어져 내리는 물방울, 바람에 내달리는 구름 그리고 상쾌하게 추운 밤, 얼어붙은 눈과 눈부신 달빛과 함께 이제 비밀스러운 때가 다가왔다. 무민은 기대에 부풀어 들뜬 마음으로 골짜기를 위풍당당하게 돌아다녔다.

봄이 왔지만 무민이 상상했던 모습 그대로는 아니었다. 이제 봄은 무민을 낯설고 적대적인 세상에서 벗어나게 해 주는 해방의 시기라기보다 무민이 극복하고 받아들인 새로운 경험이 이어지는 자연스러운 과정이라고 할 수 있었다.

무민은 봄이 아주 길어서 오래도록 기대할 수 있었으면 좋겠다고 생각했다. 날마다 아침이면 무민은 가족들 가운데 누가 일어날까 하는, 세상에서 가장 근사한 기대에 부풀었고 너무 기대한 나머지 겁이 날 지경이었다. 무민은 거실을 돌아다닐 때마다 어느 한 군데라도 부딪히지 않으려고 무척 조심했다. 그러고는 골짜기로 달려 나가 쿵쿵거리며 새로운 냄새를 맡고 간밤에 무슨 일이 일어났는지 살폈다.

장작 창고 남쪽으로는 이미 땅이 드러났다. 자작나무들은 붉은빛이 멋지게 감돌기 시작했지만 멀찌감치 떨어져서 볼 때만 눈에 띌 정도였다. 햇빛이 곧게 내리비쳐서 눈더미들은 금세 깨져 버릴 듯한 유리처럼 연약해졌다. 빙판은 마치 바다 속을 드러내 보여 주기라도 할 듯이 어두워졌다.

미이는 여전히 빙판 위에서 스케이트를 탔다. 쇠로 된 뚜껑을 부엌칼로 바꾸었고, 날카로운 부분이 얼음과 맞닿도

록 세워 신발 밑에 세로로 길게 붙였다.

　무민은 미이가 빙판에 그려 놓은 8자는 가끔 보았지만, 미이는 좀체 보지 못했다.

　미이는 늘 재미있는 일은 알아서 찾아 즐겼고, 봄이 와서 어떤 기분이 드는지, 봄이 왜 좋은지 누군가에게 이야기해야 한다는 생각은 단 한 번도 해 본 적이 없었다.

　투티키는 탈의실을 청소했다.

　붉고 푸른 유리창은 여름에 가장 먼저 나타날 파리까지

도 기분 좋아질 만큼 말끔히 닦았고, 목욕 가운을 햇볕에 널고 헤뮬렌 모양 튜브도 고쳐 놓기로 했다.

투티키가 말했다.

"이제 탈의실이 다시 탈의실이 됐어. 무더위가 찾아오고 사방이 초록빛으로 물들고 네가 따뜻하게 달구어진 부잔교에 엎드려서 찰랑거리는 물소리를 들을 때가……."

무민이 짧게 한숨을 내쉬었다.

"겨울에는 왜 그렇게 말해 주지 않았어? 그랬으면 위로가 되었을 텐데. 내가 여기에서 사과나무가 자란다고 말했었지. 그랬더니 네가 뭐랬어. 하지만 지금은 눈이 자라고 있다며. 그때 내가 우울해하는 줄 몰랐어?"

투티키는 어깨를 으쓱하고 말했다.

"모든 일은 직접 겪어 봐야지. 그리고 혼자 헤쳐 나가야 하고."

태양이 내뿜는 열기가 점점 더 뜨거워졌다.

햇볕이 빙판에 작은 구멍을 내고 물길을 파자, 불안해진 바다가 밑에서 용솟음치려고 했다.

수평선 뒤쪽에서는 커다란 폭풍이 이리저리 오가고 있었다.

밤마다 무민은 잠든 집에서 딸깍거리고 삐걱거리는 소리를 들었다.

앤시스터는 조용했다. 천 년 전으로 물러나 버리기라도 한 듯 타일 난로의 입구를 모조리 닫아걸었다. 술이나 진주 같은 장식이 달린 환기구 끈도 난로와 벽 사이의 틈새로 모조리 사라져 버렸다.

무민이 생각했다.

'그걸 앤시스터가 좋아했나 봐.'

무민은 이제 더는 나무를 깎아 낸 부스러기가 든 바구니에서 자지 않았고, 침대로 잠자리를 옮겼다. 햇빛이 아침마다 거실에 점점 더 깊이 비쳐들었고, 그때마다 거미줄이나 먼지 뭉치들이 흠칫거리며 빛났다. 무민은 동그랗고 독특하게 뭉쳐진 커다란 먼지 뭉치를 베란다로 가져가곤 했다. 하지만 작은 먼지 뭉치들은 마음껏 날아다니게 내버려 두었다.

오후가 되면 남쪽 창문 아래쪽 땅이 따뜻해졌다. 작은 움직임은 흙속에서부터 시작되었는데, 갈라진 갈색 양파에서 가느다란 뿌리가 가닥가닥 뻗어 나와 눈 녹은 물을 열심히 빨아들였다.

어느 바람 부는 날, 어스름이 내리기 바로 전에 바다 쪽에서 거대하고도 웅장한 소리가 들려왔다.

투티키가 찻잔을 탁자에 내려놓고 말했다.

"자, 이제 봄이 으르렁거리기 시작했어."

빙판이 천천히 들썩거리자 또 다른 으르렁 소리가 바닷가를 덮쳤다.

무민은 따뜻한 봄바람을 맞으며 낯선 소리를 들으려고 탈의실 밖으로 뛰어나갔다.

투티키가 무민의 뒤에서 말했다.

"저기 좀 봐. 바다가 다가오고 있어."

먼 바다에서부터 쉬익거리며 가장자리에 하얀 물거품을 일으키며 달려드는 파도들은 허기지고 화가 나서 겨울 얼음을 한 조각씩 베어 물고 있었다.

이제 까맣게 갈라지기 시작한 실금이 빙판을 따라 내달렸고, 이리저리 굽이치며 나아가다 제풀에 지쳐 사라져 버렸다. 바다가 또다시 들썩거렸다. 그러자 실금이 더 늘었다. 심지어 넓게 벌어지기까지 했다.

투티키가 말했다.

"누군지 몰라도 서둘러야겠는데."

미이도 무슨 일이 벌어지고 있는지 보았다. 하지만 이대로 그만둘 수는 없었다. 미이는 바다가 늘 열려 있는 그곳을 꼭 한 번 보고 싶었다. 빙판 끄트머리까지 돌진한 미이는 바다의 바로 코앞에서 자랑스럽게 8자를 그렸다.

그런 다음 미이는 그대로 몸을 돌려 갈라지는 얼음 조각 위를 미끄러지며 서둘러 돌아가기 시작했다.

처음에는 실금만 나 있었다. 저 멀리까지 눈길 닿는 어디에나 온통 '위험'이라고 적혀 있는 듯했다.

빙판이 기울어 오르락내리락했고, 가끔 파괴를 축하하는 축제의 축포를 내쏘기라도 하듯 으르렁거리는 소리가 들려왔고, 그때마다 미이의 등을 타고 짜릿한 전율이 흘렀다.

미이가 생각했다.

'그 멍청이들이 구하러 오면 안 되는데. 그러면 엉망진창이 될 테니까.'

미이는 부엌칼이 휘어지도록 빙판을 내달렸지만, 바닷가는 가까워질 기미가 보이지 않았다.

이제 금이 간 자리가 넓은 통로처럼 벌어지기 시작했다. 그 위로 작지만 성난 파도가 철썩거렸다.

그때 갑자기 바다가 섬처럼 산산이 부서진 얼음 조각으로 가득 차더니 정신없이 서로 밀치고 흔들어 대기 시작했다. 둥둥 뜬 얼음 조각 위에 미이가 서 있었는데, 물이 점점 더 넓어지는 주위 모습을 바라보며 겁먹지도 않고 가만히 생각했다.

'점점 재미있어지는군.'

무민은 미이를 구하러 나섰다. 잠시 지켜보던 투티키는 탈의실로 걸음을 옮겨 화로에 물을 끓이기 시작했다.

투티키가 한숨을 내쉬며 생각했다.

'뭐, 그렇지. 모험담은 늘 이런 식이지. 구하고 구해지고. 그 뒤에서 영웅들을 따뜻하게 덥혀 주려고 애쓰는 이들 이야기도 누가 한 번쯤 써 주면 좋겠어.'

한참 내달리던 무민은 옆에서 빙판을 따라 함께 내달리는 실금을 발견했다. 무민과 똑같은 속력으로 나아가고 있었다. 발밑으로 빙판이 너울거리는 느낌이 들더니 조각조각 나서는 출렁거리기 시작했다.

미이는 얼음 조각 위에 가만히 서서 풀쩍풀쩍 뛰며 다가오는 무민을 지켜보았다. 무민은 통통 튀는 고무공 같아 보였고, 바짝 긴장해서 용을 쓰느라 눈을 동그랗게 뜨고 있었다. 무민이 미이의 얼음 조각 옆에 도착하자 미이가 팔을 뻗으며 말했다.

"머리 위에 나를 얹어. 혹시 일이 잘못되면 뛰어내려야 하니까."

미이는 무민의 귀를 단단히 붙잡고 소리쳤다.

"전 중대, 바닷가로 간다. 뒤로 돌아!"

무민은 재빨리 탈의실 쪽으로 눈길을 돌렸다. 굴뚝에서는 연기가 피어오르고 있었지만, 부잔교에서 걱정스러운 표정으로 서 있어야 할 투티키가 보이지 않았다. 실망한 무민은 머뭇거렸고, 두 다리에 힘이 풀려 버렸다.

미이가 소리쳤다.

"출발해!"

무민이 뛰어올랐다. 이를 악물고 부들부들 떨리는 다리로 풀쩍풀쩍 뛰고 또 뛰었다. 새 얼음판으로 뛸 때마다 무민의 배에 찬물이 튀었다.

바다를 뒤덮고 있던 빙판이 모조리 부서졌고 파도가 왈츠를 추었다.

미이가 소리쳤다.

"박자를 맞춰! 파도가 밀려오고 있어……. 이제 발밑까지 왔고……. 뛰어!"

파도가 발밑에서 얼음판을 밀어 올리는 순간, 무민이 뛰어올랐다.

미이가 4분의 3박자를 맞췄다.

"하나 둘 셋, 하나 둘 셋. 하나 둘 셋, 기다려. 하나 둘 셋, 뛰어!"

무민의 다리는 부들부들 떨렸고 배는 완전히 얼어붙었다. 흐린 하늘이 찢어지기라도 한 듯이 갑자기 붉은 노을로 물들자 파도가 눈이 따갑도록 반짝거리기 시작했다. 무민의 등은 따뜻해졌지만, 배는 여전히 차디차게 얼어붙어 있었고 세상은 잔인하게도 무민을 데리고 춤을 추었다.

투티키는 탈의실 창문 너머로 모든 상황을 지켜보고 있었고, 심각한 얼굴로 이제 일이 잘못될지도 모르겠다고 생각했다.

'아, 이런. 무민은 내가 여기에서 내내 지켜본 줄 모를 텐데……'

투티키는 부잔교로 슬그머니 나가서 소리쳤다.

"힘내!"

하지만 너무 늦었다.

고독한 마지막 뜀박질을 할 기운이 남아 있지 않았던 무민은 풍덩하고 머리끝까지 바다에 빠져 버렸고, 작은 얼음판이 무민의 뒷목을 기운차게 밀어 댔다.

미이는 무민의 귀를 놓아 버리고 육지 쪽으로 풀쩍 뛰었다. 미이들은 늘 어쩌면 그렇게 손쉽게 살아남는지 알다가도 모를 일이었다.

투티키가 손을 뻗으며 말했다.

"자, 잡아."

투티키는 무민마마의 빨래판 위에 엎드린 채 무민의 화
난 눈을 마주 보았다.

투티키가 말했다.

"이봐, 무민……."

무민은 천천히 빙판 가장자리로 끌려나왔고, 바닷가 바
위로 기어 나와 말했다.

"넌 나와 보지도 않았어."

투티키가 걱정스러운 목소리로 말했다.

"창문으로 보고 있었어. 이제 탈의실에서 몸 좀 녹이자."

무민이 말했다.

"됐어. 집에 갈래."

무민은 비틀거리며 길을 나섰다.

투티키가 무민의 등에 대고 소리쳤다.

"따끈한 주스라도 마셔야 해. 잊지 말고 뭐든 따뜻한 걸 꼭 마셔!"

눈 녹은 길은 질척거렸고, 무민은 추위로 온몸을 덜덜 떨며 나무뿌리와 솔잎을 밟았고, 다리도 여전히 부들부들 떨렸다.

무민은 길을 뛰어가는 작은 다람쥐와 마주쳤지만 고개조차 돌리지 않았다.

다람쥐가 멍하니 말했다.

"즐거운 봄이야."

무민은 계속 걸어가며 대답했다.

"즐겁긴."

그때 갑자기 멈칫하며 자리에 멈추어 선 무민은 다람쥐를 바라보았다. 크고 북슬북슬한 꼬리가 노을에 빛나고 있었다.

무민이 천천히 물었다.

"혹시 너 꼬리가 예쁜 다람쥐야?"

다람쥐가 말했다.

"아마 그럴걸."

무민이 소리쳤다.

"너였구나! 정말 네가 맞아!? 얼음 여왕을 만났었지?"

다람쥐가 말했다.

"기억이 안 나. 뭐든 금세 잊어버리거든."

무민이 말했다.

"잘 생각해 봐. 양털 뭉치로 속을 채운 재미있는 담요도 기억이 안 나?"

다람쥐는 귀 뒤를 긁어 대며 생각에 잠겼다.

그러더니 말했다.

"담요는 많이 아는데. 양털로 속을 채운 담요도 알고, 다른 담요도 알아. 그래도 양털은 내가 아는 담요 중에서는 최고야."

그러더니 다람쥐는 아무 일도 없었다는 듯 숲 속 깊이 뛰어가 버렸다.

무민은 생각했다.

'이 일은 나중에 알아봐야겠어. 지금은 너무 추우니까. 이제 집으로 가야 해…….'

그때 갑자기 재채기가 터져 나왔고, 무민은 난생처음 감기에 걸렸다.

지하실 보일러의 불은 꺼졌고 거실은 너무 추웠다.

무민은 부들부들 떨리는 손으로 카펫을 몇 겹이나 겹쳐 덮었지만 따뜻하지 않았다. 다리도 쑤시고 목도 아팠다. 갑자기 사는 게 울적해지고 얼굴은 엄청나게 크고 낯설게 느껴졌다. 무민은 차디찬 꼬리를 말아 넣고 또 한 번 재채기를 했다.

그때 무민마마가 잠에서 깼다.

무민마마는 대포처럼 펑펑거리며 빙판이 녹는 소리도, 타일 난로에서 윙윙대던 눈보라 소리도 듣지 못했고, 집 안이 안절부절못하는 손님으로 가득 찼었고 자명종이 겨우내 울며 깨운 줄도 몰랐다.

눈을 번쩍 뜬 무민마마는 천장을 가만히 바라보았다.

그러고는 침대에 일어나 앉아 말했다.

"이런, 무민. 감기에 걸렸구나."

무민이 이를 달그락거리며 말했다.

"엄마, 그 다람쥐가 다른 다람쥐가 아니라 진짜 그 다람

쥐가 맞으면 좋겠어요."

무민마마는 따끈한 주스를 준비하러 곧장 부엌으로 향했다.

무민이 기운 없는 목소리로 소리쳤다.

"거기에 씻지 않은 그릇이 가득 있어요."

무민마마가 말했다.

"그렇구나. 괜찮단다."

무민마마는 쓰레기통 뒤에서 작은 장작을 몇 개 찾았다. 찬장 저 깊숙이 숨겨 놓았던 커런트 주스를 꺼냈고, 가루약과 플란넬 스카프도 집어 들었다.

물이 끓어오르자 무민마마는 잘 듣는 감기약에 설탕과 생강 그리고 원래대로라면 찬장에서 두 번째로 높은 선반의 커피 주전자 덮개 뒤가 제자리인 오래된 레몬을 섞어 넣었다.

이제 그 자리에는 커피 주전자 덮개가 없었다. 커피 주전자도 없었다. 하지만 무민마마는 눈치 채지 못했다. 혹시 몰라 작게 중얼거리며 감기약에 대고 주문을 걸었다. 할머니에게 배운 마법의 주문이었다. 그러고 나서 무민마마는 거실로 가서 말했다.

"뜨거울 때 마시렴."

주스를 마신 무민의 온몸에 기분 좋은 온기가 흘렀다.

무민이 말했다.

"엄마, 설명할 일이 엄청 많아요……."

"우선 한숨 자야 해."

이렇게 말한 무민마마는 플란넬 스카프를 무민의 목에 둘러 주었다.

무민이 졸음에 겨워 말했다.

"딱 한 가지만요. 타일 난로에 불을 때면 안 돼요. 우리 조상님이 살고 있어요."

무민마마가 말했다.

"염려 마렴."

갑자기 무민은 정말 따뜻하고 평화롭고 모든 책임을 벗어 버린 듯 홀가분해진 기분이었다. 작게 한숨을 내쉰 무민은 얼굴을 베개에 파묻었다. 그런 다음 아무 걱정 없이 잠에 빠져들었다.

무민마마는 베란다에 앉아 돋보기로 필름을 태우고 있었다. 필름은 연기를 내뿜으며 빛났고 흥미로운 냄새가 코를 찔렀다.
젖은 베란다에서 김이 폴폴 날 만큼 햇볕이 따사로웠지만, 계단 뒤쪽 그늘에는 냉기가 흘렀다.

무민마마가 말했다.

"봄마다 좀 더 일찍 일어나야겠구나."

투티키가 말했다.

"그럼 좋죠. 무민은 아직도 자요?"

무민마마가 고개를 끄덕였다.

미이가 자랑스럽게 말했다.

"무민이 어떻게 뛰었는지 무민마마도 봤어야 해요! 겨울이 반이 다 가도록 무민은 앉아서 징징거리고 벽에 스티커만 붙였다니까요."

무민마마가 말했다.

"알고 있단다. 나도 봤지. 무민은 끔찍하게 외로웠을 거란다."

미이가 계속했다.

"그러더니 나가서 오래된 조상도 찾았어요."

무민마마가 말했다.

"무민이 일어나면 직접 듣자꾸나. 내가 잠든 사이에 이런 저런 일이 일어난 줄은 알겠으니까."

이제 필름은 몽땅 타 버렸고, 무민마마는 베란다에 동그랗고 까만 구멍까지 내 버렸다.

무민마마가 다시 말했다.

"다음 봄에는 나도 남들보다 일찍 일어나야겠구나. 그

러면 잠깐 평화롭게 쉬기도 하고, 하고 싶은 일을 할 수
도 있겠지."

마침내 무민이 잠에서 깼을 때, 목은 이제 아프지 않았다.

무민은 엄마가 크리스털 샹들리에에서 틀을 벗겨 내고
창문에 커튼을 달았다는 사실을 알아차렸다. 가구들은 모
두 제자리로 돌아갔고, 깨진 창문은 판지로 덧대어져 있었
다. 먼지 뭉치들은 모두 사라졌다.

하지만 앤시스터가 난로 앞에 모아 놓았던 물건은 고스
란히 있었다. 그 옆에는 엄마가 이렇게 적어 놓은 표지판
도 함께 있었다.

"손대지 마시오."

부엌에서 설거지하는 소리가 편안하게 들려왔다.

무민은 생각에 잠겼다.

'엄마한테 싱크대 밑에 사는 녀석의 이야기를 해야 할까.
하지 않는 편이 낫겠지……'

무민은 이대로 아픈 척 누워서 조금 더 보살핌을 받을
까 하는 고민도 했다. 하지만 엄마를 보살피는 편이 훨씬
더 재밌겠다고 마음을 고쳐먹었다. 그래서 부엌으로 가
서 말했다.

"엄마, 이쪽으로 와 보세요. 눈을 보여 드릴게요."

무민마마는 곧장 설거지를 멈추고 햇빛이 비쳐드는 바깥으로 나갔다.

무민이 설명했다.

"이제 별로 안 남았네요. 엄마도 겨울에 어땠는지 봤어야 했는데! 눈 더미가 온 집을 뒤덮었어요! 머리끝까지 파묻힐 정도였다니까요! 눈 내리는 모습은 꼭 하늘에서 작디작은 별이 쏟아지는 것 같았고, 저 위 어둠 속에 파랗고 푸른 커튼도 매달려서 펄럭거렸어요."

무민마마가 말했다.

"무척 아름다웠겠구나."

무민이 계속했다.

"맞아요. 그리고 눈 덮인 언덕을 타고 내려오기도 했어요. 그걸 스키라고 불러요. 눈발을 날리면서 번개처럼 곧장 언덕 아래로 미끄러져 내려가는데, 조심하지 않으면 부딪혀서 죽을지도 몰라요!"

무민마마가 말했다.

"정말? 혹시 쟁반을 쓰기도 하니?"

무민이 당황해서 웅얼거렸다.

"그게, 쟁반은 빙판 위에서 쓰기 더 좋아요."

무민마마가 눈을 가늘게 뜨고 태양 쪽을 쳐다보며 말했다.

"어쩜, 세상에. 삶이 얼마나 멋진지 모르겠구나. 이제껏 은쟁반은 쓰임새가 딱 한 가지뿐이라고 생각했는데, 전혀 다른, 그것도 훨씬 멋진 일에도 쓰이는구나. 게다가 다들 나한테 잼을 너무 많이 만들지 말라더니 몽땅 먹어치웠잖니!"

무민은 얼굴이 빨개져서 말했다.

"미이가 이야기했나 봐요……."

무민마마가 말했다.

"그래. 고맙게도 네가 손님들을 잘 돌봐 주어서 내 체면이 섰단다. 그리고 카펫이랑 작은 물건이 많이 없어지고 나니까 집이 훨씬 널찍해졌지 뭐니. 덕분에 자주 청소할 필요도 없어졌단다."

무민마마는 눈을 조금 집어 눈 뭉치를 만들었다. 그리고 엄마들이 늘 그렇듯 엉성하게 던졌고, 눈 뭉치는 조금 날아가다 툭 떨어져 버렸다.

무민마마가 웃으며 말했다.

"멀리 못 갔네. 수르쿠도 엄마보다는 잘 던졌겠구나."

무민이 말했다.

"엄마, 엄마가 얼마나 좋은지 모르겠어요."

무민과 무민마마는 다리 쪽으로 조금 더 걸어갔지만, 아직 우편물은 하나도 오지 않았다. 저무는 태양이 골짜기를 가로지르며 기나긴 그림자를 드리웠고, 온 세상이 평화롭고 경이로울 만큼 고요했다.

무민마마가 다리 난간에 앉아 말했다.

"그럼 이제 마지막으로 우리 조상님 이야기를 한번 들어 볼까."

　다음 날 아침, 온 가족이 동시에 잠에서 깼다. 봄이 올 때마다 하던 대로 달그락거리는 유쾌한 손풍금 소리에 모두 일어났다.

　물이 떨어지는 처마 밑에서 투티키가 푸른 모자를 머리에 뒤집어쓰고 손풍금을 돌리며 서 있었고, 하늘은 투티키의 모자처럼 푸르렀고, 반짝이는 햇빛이 은빛 손풍금을 비추었다.

　미이는 반쯤은 자랑스럽고 반쯤은 쑥스러운 듯 투티키의 옆에 앉아 있었는데, 직접 커피 주전자 덮개를 고치고 모래로 은쟁반을 닦아 놓았기 때문이었다. 결과보다는 목적이 더 중요하지만, 어쨌거나 어느 것 하나 멀쩡해지지는 않았다.

잠이 덜 깬 밈블은 겨우내 둘둘 말고 잤던 거실 카펫을 먼 산에서부터 끌고 돌아왔다. 오늘, 봄은 서정적이기보다는 떠들썩하기로 마음먹었다. 그래서 자그맣고 뚜렷하지 않은 구름 조각을 공중에 내던지고, 지붕에 남은 마지막 눈을 쓸어내리고, 온갖 곳에 작은 개울을 만들어 내면서 4월이면 으레 하는 장난을 쳤다.

스노크메이든이 기대에 부푼 목소리로 소리쳤다.

"나 일어났어!"

무민은 스노크메이든과 볼을 맞대고 부비며 다정하게 말했다.

"즐거운 봄이야!"

그와 동시에 무민은 스노크메이든이 이해할 수 있도록 겨울 이야기를 들려줄 수 있을지 걱정스러워졌다.

무민은 스노크메이든이 초록색 봄 모자를 가지러 옷장으로 달려가는 모습을 보았다.

무민파파가 풍속계와 삽을 들고 잔뜩 들뜬 표정으로 베란다로 나가는 모습도 보았다.

투티키는 내내 손풍금을 연주했고, 골짜기에 넘쳐흐르는 햇볕은 마치 자연이 벌레들에게 쌀쌀맞게 굴어 미안했다고 기운차게 사과하는 듯했다.

무민은 생각했다.

'오늘 스너프킨이 오겠지. 집으로 돌아오기에 딱 좋은 날이야.'

무민은 베란다에 가만히 서서 잠이 덜 깬 가족들이 늘 그랬듯이 언덕 주위를 즐겁고 분주하게 돌아다니는 모습을 바라보았다.

무민과 투티키가 마주 보았다. 투티키는 연주를 멈추고 웃음을 터뜨리며 말했다.

"이제 탈의실에 아무도 없어!"

무민마마가 말했다.

"투티키, 네가 탈의실에서 살면 어떨까 싶구나. 우리한 테 탈의실은 너무 과하단다. 바닷가 모래밭에서도 수영복은 입을 수 있고."

투티키가 말했다.

"정말 고맙습니다. 생각해 볼게요."

그러고 나서 투티키는 아직 자고 있는 다른 벌레들을 모두 깨우러 손풍금을 가지고 더 깊은 골짜기로 걸음을 옮겼다.

스노크메이든은 누구보다 먼저 움튼 용감한 크로커스를 찾아냈다. 크로커스는 남쪽 창문 아래 따사로운 땅에서 돋아 나왔고 아직 초록빛조차 감돌지 않았다.

스노크메이든이 말했다.

"유리 덮개를 덮어 주자. 추운 밤에도 끄떡없게."

무민이 말했다.

"덮지 않는 게 좋겠어. 알아서 헤쳐 나가도록 내버려 두

자. 어려움을 조금 겪고 나면 훨씬 잘 자랄 테니까."

갑자기 무민은 너무 행복해진 나머지 혼자 시간을 보내고 싶어졌다. 무민은 장작 창고 쪽으로 어슬렁거리며 걸어갔다.

그리고 아무도 무민을 보지 않을 때 내달리기 시작했다. 햇볕을 등지고 녹아내리고 있는 눈 위를 달리며 무민은 다른 아무 생각도 떠오르지 않고 그냥 너무 행복했다.

바닷가로 달려 내려간 무민은 부잔교와 텅 빈 탈의실을 지나쳤다.

그러고는 탈의실 계단에 앉아 봄기운을 물씬 풍기며 밀려오는 바다를 바라보았다.

이제 손풍금 소리는 골짜기 저 멀리에서 들릴락 말락 했다.

눈을 감은 무민은 빙판이 수평선에서 어둠과 하나 되던 모습을 가만히 떠올렸다.